http://www.bbulmedia.com

BBULMEDIA

Game of God

신의 게임

Game of God

신의 게임

월탑 퓨전 판타지 장편 소설

BBULMEDIA FANTASY STORY

※이 글 속에 나온 인명, 지명, 단체명은 허구이며 실제와는 연관이 없음을 알려 드립니다.

Contents

CHAPTER 30
챔피언

파아앗!

민재는 공간의 일그러짐이 그치자, 소리를 질렀다.

"엔시스!"

소리쳐 보았지만 달라지는 것은 없었다. 익숙한 영토 그리고 전장에서 귀환한 프리 미니언들만 눈앞에 보일 뿐.

"다녀오셨습니까?"

프롬이 마중을 나와 인사를 했지만, 그것을 받아 줄 정도로 민재의 마음이 편하지는 않았다.

'마왕이 왜?'

그는 아직 2데스. 마지막 싸움을 내기도 전에 전장을

이탈해 버리다니. 승리했다는 기쁨 보다는 불안함이 앞섰다.

'대체 무슨 의도지?'

머리를 맹렬히 굴렸다. 하나 머리가 지끈거릴 정도가 되어도 결론이 나지 않았다.

'우르자, 아니, 통가에게 물어봐야겠어.'

마계의 일은 마계의 존재에게.

민재는 메뉴창을 펼쳤다.

촤라락!

반투명한 홀로그램 메뉴창이 펼쳐졌다. 민재는 재빨리 랭크 게임에 관한 메뉴를 클릭했다.

[약탈 전과로 8,413마테리아 획득.]

[계약 완료로 25,723마테리아 획득.]

'약탈로 마테리아가?'

본디 대전 게임은 넥서스를 파괴한 후 약탈 모드로 돌입하게 된다. 한데 이번은 마왕이 전투를 포기해 버렸다. 과정이 생략되었는데도 전과를 얻었다니. 성과는 자동으로 얻어진 것 같았다.

나머지 마테리아는 마수와의 계약으로 얻게 된 것이리라. 이번 전투를 주최한 그가 얻게 될 마테리아의 50%를 민재가 받게 되는 것이다.

두 가지를 합하면 양이 상당했다. 지금까지 있었던 어떤 승리보다 더욱 뛰어났다.

하나 민재는 이것에 관심을 두지 않았다. 그보다 더 급한 것이 있었다.

연락을 넣자, 곧 응답이 왔다.

[통가 님이 영토로 초대를 하였습니다. 수락하시겠습니까?]

'수락!'

버튼을 누르자 차원이동이 일어났다.

쉬리릭!

"왔군!"

마수가 보였다.

마계를 닮은 어두운 하늘 아래 있는 털북숭이 짐승. 그는 민재를 보며 득의양양한 웃음을 입에 담고 있었다.

"자네 덕분에 이겼어! 우리는 이제 안전해!"

"마왕은 어떻게 되었지?"

"음, 나도 의문이네. 갑자기 전투를 포기하다니……."

마수가 앞발로 턱을 만졌다.

"이번 전투는 그가 졌다고 봐도 무방하겠지. 그러니 그는 음마 부족을 공격하지 못할 것이야."

"마왕이 살아 있다는 말이야?"

"그래. 나는 목숨을, 그는 공격 의사를 걸었으니 그는 앞으로 영원히 음마 부족을 공격하지 못할 것일세. 전장의 계약은 절대적이니."
"흠……."
계약 내용이 낯설었다. 민재는 대전이 있을 때마다 모든 것을 걸어 왔으니 말이다.
잠시 생각을 하던 민재가 말했다.
"날 마왕에게 안내해 줘."
"뭐라고? 자네 미쳤나?"
"물어볼 것이 있어."
"그건 안 돼!"
마수가 앞발을 휘저으며 소리쳤다.
조그마한 주둥이에서 안 되는 이유가 허겁지겁 튀어나왔다.
마왕이 있는 곳은 마왕성의 깊은 곳. 그곳까지 가기도 전에 마왕의 부하들에게 목숨을 잃게 될 것이라 했다.
"그러니 차라리 메시지를 보내 보는 게 어떤가?"
"좋은 방법이야."
민재는 메뉴창을 펼쳐 마왕에게 메시지를 보냈다.
하지만 묵묵부답. 의도적인 무시였다.
"만나고 싶지 않나 보군. 포기하게."
"젠장!"
쾅!
민재는 건물 벽을 후려쳤다.

그래도 답답한 마음은 풀릴 기색이 없었다.

❖ ❖ ❖

민재는 동료들을 불러 전과를 확인했다.

용병으로 참여한 이번 전장에서의 성과는 대단했다. 모두가 한 단계씩 영토의 성장을 맛본 것이다.

그와는 별개로 우르자 부족의 안전이 확보되기까지 했으니, 동료들에겐 아주 좋은 결과라 할 수 있었다.

하지만 민재만은 아니었다.

마테리아는 많이 얻었으나 영토는 성장하지 않았다.

"그 유저를 어떻게 할 것인가?"

체게게가 물었다.

"글쎄."

"도움이 필요하다면 돕겠다."

"나도!"

미냐세가 주먹을 쥐고 소리쳤다. 다른 동료들도 마찬가지. 민재가 그들을 도운 것처럼, 다들 민재를 돕고 싶어 하는 것이다.

마음 씀씀이가 고맙긴 했지만 문제가 있었다.

한두 명도 아니고, 저들 모두를 지구에 데려갔다간 문제가 생길 수 있다.

지구의 유저가 온건하다면 문제가 없겠지만, 만약 적대적이라면 큰 싸움이 벌어질지도 모르니 말이다.

'후우, 그런 것을 따질 때가 아닌가?'

자칫 목숨을 잃게 될 수도 있는 일이니, 준비는 철저한 것이 좋지 않을까?

"염치없지만, 부탁하겠습니다."

"프리 미니언까지 대동하는 게 어떻겠소?"

"그래야겠죠. 하지만 릴리엘은……."

"괜찮소. 이제는 그 아이를 놓아주기로 했소. 이미 다 큰 성인인데 아직도 코트 자락에 감싸들려 했다니……. 부끄러울 뿐이오."

비누엘은 이제 딸아이의 의사를 존중하기로 마음먹은 것 같았다.

"저도 이다르의 의사를 확인하겠습니다."

우르자가 말했다.

"이다르를요? 아직 어리지 않습니까?"

"전투에 나이는 중요치 않습니다. 그리고 그 아이는 이미 전투에 능한 전사입니다."

"음……."

생각해 보니 보니 우르자의 딸은 일개 전투 단체를 이끄는 수장이 아니던가? 혹독한 마계에서 실력을 인정받았을 것이니 굳이 전투 능력을 확인할 필요는 없을 것이다.

그래도 아직 어리다는 점에는 변화가 없으니.

"괜찮아. 내가 보호해 줄게."

미냐세가 말했다. 샤나도 고개를 끄덕였다.

'그러고 보니 미냐세는 더 어리군.'

둘은 수많은 전장을 훌륭히 헤쳐 나왔다. 그녀들 말대로 나이는 중요하지 않을 것이다.

"그럼 부탁하겠습니다. 대신 지구로 데려가지는 않겠어요."

"그럼 어찌할 생각이오?"

"일단 제 영토에서 대기하고 계세요. 만약 싸움이 벌어질 것 같으면, 그때 소환하면 되니."

"음. 좋은 생각이오. 상대의 의도를 모르는 상황에 굳이 자극할 필요는 없겠지. 하지만 소환할 시간을 벌기 위해서라도 몇 명은 함께하는 것이 좋겠소."

"그러죠."

민재는 동료들을 돌려보냈다.

체게게는 남아 수련장으로 향했고, 미냐세와 샤나는 욕조로 향했다.

민재는 성 앞 공터로 나왔다.

유저를 만나기 앞서 준비를 철저히 하고 싶었다.

"팍살라!"

몇 번을 부르자, 그제야 붉은 거체가 움직였다.

구르릉!

첨탑 위에 몸을 웅크리고 있던 팍살라가 날아올랐다. 그리곤 표범처럼 사뿐하게 땅에 내려앉았다.

[부른다고 개처럼 오다니. 자존심이 상하는군.]

"농담은 됐고. 풍룡 부를 테니까 꽉 잡아."

[맨입으로 도와달라는 소리는 아니겠지?]

"밥 넉넉히 줄게."

[그래야지. 이 몸의 유지비를 언제나 잊지 말게.]

민재는 500이나 되는 마테리아를 식사비 명목으로 준 후에야 메뉴창을 열었다.

그리곤 반지를 꺼내 소리쳤다.

"풍룡 소환!"

파아앙!

대기가 터지며 희뿌연 것이 튀어나왔다. 그것은 곧 거대한 형체를 이루었다.

날렵한 몸체에 날개가 큰 드래곤.

그는 무료한 얼굴을 한 채 말했다.

[부르지 말라고 했을 터인데…….]

[엉덩이에 살도 없는 녀석이 무척 게으르군.]

파악!

공기가 찢어지는 소리가 나더니 허공에 붉은 잔상이 흘렀다.

실로 삽시간.
그 움직임이 끝나자 두 드래곤이 뒤엉킨 모습이 시야에 들어왔다.
[후우. 이 무슨 짓인가?]
나른한 목소리. 풍룡은 팍살라에게 깔린 상황에서도 느긋했다.
[자네, 드래곤 맞나?]
[드래곤 포기했으니 날 그만 놓아주게.]
[그럴 순 없지.]
팍살라는 의기양양한 얼굴로 포박을 풀지 않았다.
'거 참.'
저것이 최강의 생명체라는 드래곤이란 말인가? 애늙은이 같다는 생각마저 들었다.
민재는 그들 앞으로 천천히 걸어갔다.
"할 말이 있어 불렀어."
[어서 하게. 난 쉬고 싶으니.]
"날 좀 도와줘야겠어."
[이미 도움을 주었지 않은가? 더 바라는 건 욕심일세.]
"지금 도와달라는 게 아니야."
민재는 상황을 설명했다. 그리고 혹시 모를 전투가 있을 경우 도움을 달라는 말까지.
[늙은이 편히 죽게 내버려 두면 안 되겠는가?]

"죽을 수나 있어?"
반지에 갇힌 몸이긴 하나, 그는 드래곤이다. 수명이 엄청나게 길 것이니 쉽게 죽지는 않을 것이다.
"도와주면 귀찮게 굴지 않을게."
[거절하면 귀찮게 군다는 말이군.]
"당연하지."
반지의 재사용 대기 시간은 두 시간가량. 전장에서 사용하기엔 너무나도 길었다.
하지만 현실이라면 이야기가 달랐다. 마음만 먹으면 하루에 10번도 더 소환할 수 있으니.
[말년에 이 무슨 흉운이로고.]
풍룡은 고개를 저으며 혀를 찼다.
그러더니 한숨 쉬며 고개를 끄덕였다.
[이번 한 번뿐이네.]
"고마워. 그런데 이름이 뭐야?"
[인간에게 불릴 만한 이름 따위 잊은 지 오래네.]
"그럼 뭐라고 불러야 하지?"
[멋대로 부르게.]
[그냥 태룡(怠龍)이라 부르면 되겠군.]
풍룡은 대답도 귀찮아 했다.
[이제 보내 주는 게 어떤가?]
"아직. 할 줄 아는 건 어떤 게 있어? 전력이 어느 정도

되는지 알아야 하니 대답해 줘."

[핏덩어리가 할 수 있는 건 다 되네. 불 빼고 말일세.]

[핏덩어리?]

팍살라의 눈매가 매섭게 변했지만 풍룡은 개의치 않은 채 한숨만 내쉬었다.

"음, 팍살라만큼이라……."

현실에서의 팍살라는 엄청나게 강하다.

민재도 영토가 아니라면 팍살라를 이길 수 없다. 그 정도의 전투력이라면 큰 도움이 될 것이다.

"좋아. 이제 들어가 쉬어."

[고맙군.]

풍룡은 단번에 사라졌다.

그를 내리누르고 있었던 팍살라는 빈자리에 콧바람을 후 불더니 첨탑 위로 날아가 버렸다.

'이제 아이템을 강화해야 하나?'

민재는 메뉴창을 열어 거래소를 확인했다.

오랜만에 열어 보는 거래소 창이었다.

엄청난 수를 자랑하던 거래소의 아이템들은 이제 백 개도 되지 않았다. 수는 줄었지만 질은 올라가 있었다. 시장에 나온 아이템 하나하나가 다 고급이었다.

'싸구려 아이템은 이제 안 팔리는 건가?'

왜 이렇게 수가 줄어들었는지 의문이 생겼다. 하지만 곧 아이템의 성능에 눈길이 갔다.

민재는 하나하나 살펴보고 쓸 만한 것을 구입했다.

성능은 좋았으나 가격이 상당히 높았다. 개당 1만 마테리아가 넘었고, 비싼 것은 10만이 넘는 가격표가 붙어 있었다. 아무리 좋은 아이템이라도 저렇게 가격이 비싸면 팔릴 리가 없으니, 저건 아이템을 자랑하는 일에 지나지 않았다.

민재는 공격 아이템 세 개를 구입했다. 여기에 4만이나 되는 마테리아를 써 버렸다.

'이제 강화를…….'

민재는 체게게를 불러 아이템을 강화한 후 지구로 귀환했다.

파아앗!

비틀림이 사라지자 원룸이 나타났다.

그리고 휴대폰을 꺼내 만지작거렸다.

'전화를 해야 하는데…….'

통화를 해야 유저를 만날 수 있었다.

하나 막상 전화를 걸려니 망설여졌다.

전화하게 되면 지구의 유저를 볼 수밖에 없는 법. 부담이 되는 것이다.

'후우.'

민재는 숨을 내쉬며 침대에 털썩 앉았다. 그리고 원룸을 둘러보았다.
민재에게 있어 진정한 보금자리라고 할 수 있는 장소.
하나 전장을 겪고 나서일까?
원룸이 낯설게만 느껴졌다.
'이제는 전장이 더 익숙하군.'
자신은 이미 평범한 지구인이 아니다. 전투가 일상이 되어 버린 것이다.
그러니 두려워할 것도 없다. 싸움은 익숙하지 않은가.
그렇게 생각하니 마음이 놓였다.
'좋아.'
민재는 휴대폰 화면을 꾹 눌렀다.
그리곤 메뉴를 조정해 마이클이라는 이름을 화면에 띄웠다.
신호가 몇 번 지나고 나서야 목소리가 들려왔다.
"오우! 이민재!"
마이클의 목소리에서 반가움이 물씬 묻어났다. KPL 대회 이후로 자주 만나지 못했기에 민재도 반갑긴 마찬가지였다.
민재는 잠시간 안부를 묻고는 본론을 꺼냈다.
"사라 크로포드를 알죠?"
"물론이죠. LA밀레니엄과 그녀를 연결해 준 게 바로 저니까요. 하하하."

마이클이 껄껄대며 웃었다. 에이전트로 활약했던 전성기 시절이 생각난 것 같았다.

"마이클, 그녀가 어디에 사는지 알아요?"

"예? 갑자기 그건 왜?"

"만나야 할 일이 있어서요."

"오우. 사는 곳은 압니다만……."

"제가 그녀와 만날 수 있을까요?"

그의 목소리가 금세 침울해졌다.

"아마 쉽게 만날 수는 없을 겁니다, 지금은 너무 차이가 나서. 그녀는 하늘 위의 별이니까요."

"전화번호는 혹시 아세요?"

"……아마 바뀌었을 겁니다."

"메일은요?"

"그것도……."

마이클은 잠시 말을 멈추었다가 다시 말했다.

"예전에 살던 집을 알고 있기는 하지만, 지금도 그곳에 살고 있는지는 잘 모르겠습니다."

"이사 갔겠죠?"

"아마도요. 하지만 그 집을 팔지는 않았을 겁니다."

"무슨 이유라도 있나요?"

"그 집은…… 아무튼 사라가 그 집을 팔지는 않았을 겁니다."

"음. 그럼 거기라도 데려다주세요."

"그게……."

마이클은 쉽사리 허락하지 않았다. 이런저런 이유를 대며 말을 돌리기만 했다.

'돈이 없는 걸까?'

한국에 와서도 노숙을 했던 그다. 지금도 여유롭진 않을 것이다.

"여행비는 제가 낼게요."

민재가 비행기 표를 포함한 비용 일체를 내준다는 말을 하고 나서야 그는 관심을 보였다.

"그러면 민재가 돈을 너무 많이 쓰는데요?"

"돈은 있으니 걱정하지 마세요. 제가 꼭 만나고 싶어서 부탁하는 겁니다. 마이클, 저를 좀 도와주시겠어요?"

"그렇게까지 말씀하시면…… 좋습니다. 오랜만에 고향에 가 보는 것도 좋겠죠. 언제쯤이 좋겠습니까? 저는 주말에 시간이 빕니다."

민재는 달력을 확인했다. 오늘은 토요일. 다음 주에 약속을 잡자니 너무 늦다는 생각이 들었다.

"오늘 가능합니까?"

"예? 오늘요?"

"네. 잠깐 갔다 오면 되니, 왕복 이틀이면 되지 않을까요?"

“잠시 만요.”

전화기 너머로 종이가 휙휙 넘어가는 소리가 들려왔다.

“되긴 합니다만, 너무 급한 건…….”

“제가 좀 급해서요.”

마이클은 뜸을 들이는가 싶더니 곧 승낙했다.

“좋습니다. 비행기 표는 제가 구할게요.”

전화를 끊고 바로 예약에 나섰다. 다행히 쉽게 표를 구할 수 있었다.

마이클에게 다시 전화를 걸어 약속 장소를 잡은 민재는 인천공항으로 향했다.

비행기는 곧 떴다.

LA로 향하는 이코노미석에서 민재는 창을 바라보았다.

새파란 하늘. 높은 고도에서 바라보는 하늘은 남다른 맛이 있었다. 심장이 두근거렸다. 미국행이 처음이라 떨리는 게 아니었다.

‘꼭 만나 봐야 할까?’

민재는 고민이 되었다.

카타르에서 있었던 테러. 프리 미니언을 이용해 거대 유전을 파괴한 일은 그녀가 한 것이리라. 대체 왜 그런 일을 한 것인지 이유는 알 수 없었지만 적어도 그녀가 평화주의자는 아닐 것이란 생각이 들었다.

그러니 그녀와 만나는 일이 위험하다고 보는 게 옳지 않을까? 괜히 긁어 부스럼을 만들지도 모르는 일이다.

하나 유전의 일로 그녀는 민재의 존재를 알고 있을 것이다. 민재가 지구에 또 다른 유저가 있다는 것을 알았듯, 그녀 역시 민재의 존재를 감지하고 있을 것이다. 물론 민재의 신원까지는 파악하지 못했겠지만.

차라리 조심스럽게 그녀를 탐색하는 편이 나을지도 모른다. 프리 미니언을 이용해 그녀가 살고 있는 곳을 정찰시키면 되는 것이다.

하지만 그랬다간 감시를 했다는 이유로 반감을 살 수도 있는 일.

차라리 직접 대면하는 것이 낫다고 판단했다. 적대하게 될 확률을 고려하더라도 말이다.

그렇게 생각하게 된 이유는 있었다.

'전면전은 없겠지.'

그녀나 민재나, 둘 모두 지구적 관점에서 보자면 초인이나 다름없다. 팍살라만 풀어도 도시 하나쯤은 쉽게 초토화시킬 수 있는 것이다. 이것이 반복되면 한 나라의 경제를 마비시키는 것마저 가능하리라.

그런 초인 둘이 앙심을 품고 싸운다면? 세계는 대혼란에 빠져들 것이다.

그녀가 그런 간단한 상식조차 모를 리는 없다. 만나서 서로 반목하게 되더라도 최후의 보루는 있는 것이다.

'협력하게 되면 더 좋고.'

본심은 이쪽이었다.

그래도 둘은 지구가 고향.

사는 곳이 어디인지 짐작도 가지 않는 외계인보다는 서로를 이해할 가능성이 컸다. 그녀와 협력할 수만 있다면, 전장에서 살아남기가 더욱 쉬워지지 않을까?

상황에 끌려다니기보다는 상황을 만들고 이끄는 것이 훨씬 나으리라.

그래도 긴장이 가라앉지 않는 것은 변함이 없었다.

'잠시 영토에 다녀와야겠군.'

옆을 보니 마이클이 잠들어 있었다.

민재는 화장실을 가는 척하며 영토로 이동했다.

쉬리릭!

순식간에 풍경이 바뀌었다.

드넓은 초록의 대지와 거대하고 정갈한 건물들.

영토가 발전하며 지구에서는 볼 수 없는 양식으로 변해버렸다. 그래도 이곳은 민재만의 쉼터, 민재만의 땅이었다.

건물로 들어서자 기괴한 소리가 들려왔다.

"다 필요 없어! 꺼윽!"

뭔가를 토해 내는 듯한 소리. 민재는 응접실로 들어갔다.

꿀꺽꿀꺽.

고블린이 보였다.

그는 전갈 모습을 한 호문클루스에 앉아서는 뭔가를 들이켜고 있었다. 그의 앞에 있는 탁자에는 노란색의 퍼스파셋이 옹기종기 모여 있었다.

"이게 무슨 냄새야?"

민재는 코를 막았다.

뭔가 이상한 냄새가 고블린에게서 풍겨 왔기 때문이었다.

휙!

고블린은 고개를 돌려 민재를 빤히 바라보았다. 얼굴이 붉고 눈이 풀려 있는 게 영락없는 취객이었다.

"술 마시냐?"

"흥!"

고블린은 고개를 돌리더니 다시 술 나발을 불었다.

'술이라…….'

술을 즐기지도 않았지만 거부하지도 않는 민재였다. 전장에 불려 간 뒤로는 술을 마시지 않았다. 전장의 참혹함을 깨닫고 살아남기 위해 노력해 온 것이다.

한데 지금은 상황이 달라졌다.

민재는 강자가 되었고 전장은 점점 힘들어지고 있다. 개인의 강함보다는 집단의 강함이 더욱 중요했다. 집단을 통솔하기 위해서는 팀원 간의 유대도 중요한 법.

'고민이라도 있나?'

평소 보지 못했던 모습이었다.

"나도 한잔 줘."

"싫다! 꺼져!"

고블린이 소리쳤다.

민재는 그를 무시하고 의자에 앉았다.

그리곤 탁자 위에 늘어선 술병 하나를 잡아 마개를 땄다.

"내 거야!"

"누가 모르냐?"

민재는 술을 한 모금 마셨다.

"윽! 뭐야 이거?"

맛이 이상했다.

탄산에 섞인 달짝지근한 맛은 익숙했지만, 왠지 모르게 냄새가 퀴퀴했다.

"재료가 뭐야?"

"생선!"

"으……."

"싫으면 먹지 마!"

고블린이 술병을 빼앗으려 했다. 민재는 놈의 손을 쳐버리곤 다시 들이켰다.

"윽."

냄새가 이상하긴 했지만 술맛 자체는 나쁘지 않았다.

"카악! 염치없는 놈!"

고블린은 다시 술을 홀짝거리기 시작했다. 민재도 말없이 술을 마셨다.

"의외로 마실 만한데?"

'냄새만 좀 없으면 말이야.'

"당연하지! 제일 큰 놈으로 만들었으니까!"

"큰 놈?"

"고래! 집보다 더 큰 물고기! 뭔지 모르지? 카악!"

"거기도 고래가 있나?"

"비싸! 최고로!"

"흠."

저쪽에선 고래가 비싼 어종인 걸까? 그만큼 술도 비쌀 것이니.

'부자구나.'

한 부족의 수장인 우르자만 하겠냐만, 그래도 나름 거물급인 모양이다.

"근데 술을 왜 마셔?"
"흥!"
"고민 있냐?"
"꺼져!"
고블린은 대답하지 않았다.
민재는 묵묵히 술을 비워 나갔다.
그러며 메뉴창을 만지작거렸다.
평소엔 영토에서 수련을 하기 위해 유저 스킬을 전투용으로 선택하고 있었다. 지금 그 스킬은 지구용으로 바뀌어 있었다.
바로 회복과 부활.
부활 스킬이 있는 이상, 민재가 지구에서 죽을 위험은 없었다.
그래도 걱정이 사라지지는 않았다.
"꺼윽!"
고블린이 다 비어 버린 술병을 흔들었다. 몇 방울씩 혀에 떨어졌지만 그뿐.
"카악!"
고블린이 갑자기 화를 내기 시작했다.
띄엄띄엄 떨어지는 술방울이 야박하게 느껴진 것일까?
"새 거 줄까?"
민재는 탁자 위의 술병을 집었다.

“큰 거 필요 없어!”
파앙!
고블린이 갑자기 사라졌다.
금세 그에게서 초대 요청이 들어왔다.
수락하자 그는 새로운 술병을 한 아름 안은 채 나타났다. 고블린은 그것을 바닥에 늘어놓더니 다시 나발을 불기 시작했다.
민재는 마시던 것을 내려놓고 새로운 것을 집었다.
한 모금 마셔 보니, 퀴퀴한 냄새가 없었다. 맛은 좀 덜한 것 같았지만.
“이게 훨씬 나은데?”
“당연하지!”
“이건 뭘로 만들었는데?”
“카아악! 작은 게 최고! 작은 게 최고다!”
고블린은 양팔을 들고 소리쳤다. 그러더니 곧 입에서 거품을 토하며 쓰러졌다.
쿵!
“야! 괜찮아?”
살펴보니 단순히 잠든 것 같았다.
‘술버릇이 참…….’
속 편한 놈이라는 생각이 들었다.
‘나도 편하게 생각하는 게 낫겠지?’

이왕 유저를 만나기로 한 이상 과도한 걱정은 무용지물. 차근차근하게 사태를 대비하는 것이 나을 것이다.

'슬슬 모두 불러야겠어.'

민재는 동료들에게 메시지를 보냈다.

사라 크로포드를 만나게 될 시간은 지금으로부터 약 5시간 후.

그전에 동료들을 영토로 불러 모아야 했다.

답장은 금세 왔다.

[시간 맞추어 소환에 응하겠소.]

[그럼 잠시 후에 뵙죠.]

[그리하리다.]

대부분 소환을 미뤘다. 그들도 자신의 세계에서 할 일이 있는 것이다.

'체게게랑 샤나는 영토에 있군.'

미니맵을 보니 둘이 보였다.

체게게는 수련에 힘쓰고 있었고, 샤나는 곰들과 놀며 체게게를 구경하고 있었다. 체게게야 수련광이니 그렇다고 쳐도 샤나는 자신의 세계에서 할 일이 없는 모양이었다.

둘을 잠시 지켜본 민재는 다시 지구로 이동했다.

마이클의 옆에 앉은 민재는 눈을 감았다.

❖ ❖ ❖

"여기입니까?"

민재는 커다란 저택 앞에서 물었다.

저택은 무척이나 컸다. 쇠창살처럼 생긴 큰 대문에 넓은 정원. 하지만 외관이 갱 영화나 공포 영화에서나 등장할 법한 모습이었다. 그만큼 관리가 되어 있지 않았다. 사람이 살지 않는 폐가나 다름없달까.

"네……."

마이클의 대답이 기어 들어갔다.

그도 그럴 것이, 마이클이 알고 있는 사라 크로포드의 집은 여기뿐.

"예전엔 제법 멋진 집이었습니다만."

"지금은 사람이 살지 않는 것 같군요."

저택을 다시 살펴보아도 인기척이 없었다.

미니맵을 통해 저택을 살펴보았지만, 시야가 확보되지 않은 이상 저택 내부까지 알 수는 없었다.

"혹시 인맥을 동원해서라도 알아볼 방법은 없을까요?"

"그것이……."

마이클이 곤란한 얼굴을 했다.

에이전트를 그만둔 지 시간이 꽤 흘러 버린 탓이었다.

"혹시 모르니 눌러 보죠."

민재는 초인종을 눌렀다.
21세기에 초인종이라니. 민재는 과거로 돌아간 듯한 느낌을 받았다.
반응은 역시나 없었다.
"사람이 없나 보군요."
"미안합니다."
"괜찮아요. 억지로 오려고 했던 건 저니까요. 그래도 혹시 모르니."
민재는 가방에서 연습장을 꺼내 찢었다. 메모라도 남길 생각인 것이다.
그때였다.
—누구세요?
갑자기 스피커에서 목소리가 들려왔다.
젊은 여성. 청량감이 느껴지는 목소리였다.
"사라?"
마이클이 깜짝 놀라며 소리쳤다.
'사라?'
집에 없을 줄 알았는데 있다니.
"접니다, 마이클."
마이클의 목소리에 반가움이 가득했다.
—마이클? 여기는 어쩐 일이죠?
"일이 있어서 왔습니다. 잠깐 들어가도 될까요?"

—안 돼요. 돌아가세요.

사라는 단호했다.

마이클은 거듭 요청했다. 하지만 그녀는 들어줄 생각이 없는 듯 보였다.

—가세요.

냉담한 한마디를 마지막으로 그녀의 목소리는 사라졌다.

"돌아가죠."

"미안합니다, 민재. 여기까지 왔는데."

"괜찮습니다."

민재와 마이클은 돌아설 수밖에 없었다. 마이클은 어깨가 축 처진 채 뒤돌아 걸었다. 사라가 이렇게나 자신을 냉대할 줄은 예상하지 못한 것 같았다.

민재는 아쉬워하지 않았다.

사라가 이곳에 있다는 것을 안 이상, 방법은 있게 마련.

'이따가 몰래 가서 만나 봐야겠어.'

전장의 스킬이 있는 이상 저택에 잠입하는 것 정도야 식은 죽 먹기였다.

다시 찾아올 때까지 그녀가 저택 안에만 있다면 모든 일이 해결된다.

민재는 마이클과 함께 호텔로 돌아왔다.

"잠시 나갔다 올게요."

"어딜 가려구요?"

"미국까지 왔는데 잠시 둘러볼까 해서요."
"안내해 드릴까요?"
"아니요. 혼자 가 보고 싶네요."
민재는 호텔을 빠져나왔다.
그리곤 인적 없는 곳에서 영토로 이동했다.
쉬이익!
비틀렸던 시야는 금세 정상이 되고 영토의 풍경이 눈에 들어왔다.
변함없는 모습.
평소와 다른 것이 있다면, 단 하나였다.
"만났어?"
미냐세가 물었다.
그녀의 곁에 동료들이 일렬로 서 있는 모습이 보였다.
비누엘과 우르자 등의 동료들과 도움을 주기 위해 참여한 마수 무리, 그리고 그들의 프리 미니언들까지. 그 뒤에는 붉은 거체, 팍살라까지 보였다.
모두 민재를 위해 모였다.
'많군.'
처음 전장에 불려 갔을 때에는 혼자였는데, 이제는 한눈에 들어오지 않을 정도로 동료들이 많아졌다.
그들을 보니 마음이 든든해졌다.
"이제 만나러 갈 겁니다."

"지금 가면 되지?"

미냐세가 앞으로 나섰다.

그녀는 평소와 다른 모습이었다.

인간과 마찬가지인 모습. 보라색 머리카락에 피부는 전장의 스킨 시스템으로 가렸고, 그녀의 치료 지팡이는 기다란 나무 봉으로 변했다.

그래서 미냐세는 열 살 정도의 어린아이로 보였다.

"샤나와 우르자, 체게게도요."

"알았다."

그녀들이 나섰다.

샤나와 체게게는 겉모습이 인간이었기에 지구로 데려가도 큰 문제가 없었다.

우르자는 뿔과 날개가 문제였지만, 모자와 가방으로 가리자 늘씬한 미인으로 보였다.

그녀들은 민재가 마련해 준 지구의 옷을 입고 있었다. 그래서인지 넷 모두 겉모습은 지구인과 다를 바가 없었다.

"만약 전투가 벌어지게 되면, 넷은 시간을 벌어 주세요."

"알았어."

"체게게는 최전방이야."

"염려하지 않아도 된다."

탕탕!

체게게가 검으로 방패를 쳤다. 고강도의 방패를 앞세워 적의 공세를 초전에 막아 내겠다는 뜻일 것이다. 의지는 좋았지만 검은색 투피스에 검과 방패는 어울리지 않았다.

"방패는 아이템 칸에 넣어 두는 게 좋겠어. 전투가 일어난 후에 무구를 소환해도 되니까."

아이템을 손에 들고 있든 아이템 칸에 넣고 있든, 전투력에 변화는 없다. 단지 익숙함의 차이뿐이다.

"아, 그러지."

체게게는 얼른 손을 움직였다. 그러자 그녀의 무구들이 빛을 발하며 사라졌다.

"이제 갈게요."

"조심하시오."

민재는 손을 휘저었다.

화아악!

순식간에 풍경이 바뀌고 음침한 모습의 저택이 보였다.

"음."

체게게는 재빨리 주변부터 훑었다. 그녀가 지구에 온 것은 이번이 처음. 긴장되는 것이리라.

민재는 저택의 입구로 걸어갔다.

초인종을 누를까 싶기도 했지만, 민재는 다른 방법을 택했다.

대문을 스쳐 지나가 천천히 담장 쪽으로 걸어갔다. 주변엔 CCTV도, 사람도 없었다.

민재는 한쪽 팔을 펼쳤다.

"미냐세."

"응."

민재는 미냐세를 감싸 안았다. 그리곤 시스템 창을 열어 포인트를 힘에 올인 해 몸을 굽히곤.

탁!

민재는 단숨에 땅을 박차 뛰어올랐다. 인간의 능력을 넘어선 도약력을 선보이며 민재의 몸은 손쉽게 담장을 넘어버렸다.

착지하고 나자 샤나를 안은 체게게와 우르자가 연이어 담을 넘어왔다.

정문은 잠겨 있었다.

'창문으로 가야겠군.'

점멸 스킬을 이용해 건물 내부로 들어갈 수도 있었지만 그러지 않았다.

지금 스킬을 사용했다간 나중에 어떤 일이 발생할지 모르니 신중을 기하는 것이다.

민재는 건물 옆에서 다시 점프했다.

위로 손을 뻗어 2층 난간을 잡았다. 다행히 창문은 열려 있었다.

휙.

안으로 들어선 민재는 어두운 복도를 천천히 걸어가기 시작했다.

"내가 앞서지."

체게게가 앞으로 나섰다.

그녀는 복도에 있는 둥근 탁자 하나를 방패처럼 손에 쥐고 천천히 걸음을 옮기기 시작했다. 그 뒤를 민재가 그리고 나머지 동료들이 따랐다.

'복도가 너무 어두워.'

유령이라도 나올 것처럼 음산했다.

비싼 건물일 텐데 관리를 하지 않는 것일까? 사람이 살고 있는 곳 같지 않았다.

민재는 미니맵을 살폈다. 체게게가 제공해 주는 시야를 바탕으로 앞을 더 쉽게 파악할 수 있었다.

그렇게 조금씩 이동해 나가자.

찰칵!

차가운 쇳소리와 함께 앞쪽 문가에서 누군가가 나타났다.

금발의 날씬한 여자였다.

'사라 크로포드.'

티비에서 몇 번 보았던 얼굴이라 단숨에 알아볼 수 있었다.

한데, 그녀는 사람처럼 보이지 않았다. 하얀 옷을 입고 있는 데다 안색이 창백해 귀신 같았다.

하지만 그녀는 귀신이 아니었다. 손에 총을 들고 있었기 때문이다.

총이라니.

민재는 황당했다. 주택에 무단 침입한 사람에게 총을 겨누다니. 새삼 이곳이 미국이라는 생각이 들었다.

"10초 드릴게요."

철컥.

그녀는 총을 민재에게 겨누었다.

목소리에 감정이 느껴지지 않았다.

"민재."

체게게의 나직한 목소리가 들려왔다. 아마도 팀 채팅이리라.

"기다려."

민재는 양손을 올리곤 천천히 앞으로 걸어갔다.

그러며 그녀를 살폈다.

사격 자세가 안정적이었다. 언제라도 방아쇠를 당길 준비가 되어 있었다.

민재가 정상적인 인간이라면 제대로 움직이기도 전에 몸이 벌집이 되고 말 것이다.

하나 민재는 보통 사람이 아니고, 그녀 역시 보통 사람이 아닐 것이기에 결과가 어떻게 될지 장담할 수 없었다.

그나저나 10초라니. 무슨 시간을 준다는 걸까. 아마도 총을 쏘기 전에 꺼지라는 경고일 것이다.

"조금 전에 마이클과 함께 방문했던 사람입니다."

"마이클과?"

"네. 할 말이 있어 찾아왔습니다."

민재는 미니맵을 살폈다.

그녀가 정말 유저인지 확인하기 위해서였다.

한데.

'뭐, 뭐야?'

민재는 놀랄 수밖에 없었다.

마왕이 했던 말이 사실이라면, 그녀는 유저여야 했다.

그런데 미니맵에 표시되는 표식은 프리 미니언. 유저가 아니었다.

'유저가 아니라니!'

마왕이 거짓말을 한 것일까? 아니면 마왕이 잘못 알고 있었던 것일까?

어느 쪽이든 민재에겐 황당할 따름이었다. 유저를 만나기 위해 지금까지 해 왔던 준비가 무용지물이 되어 버린 것만 같았다.

하지만 성과가 없다고는 할 수 없었다.

사라는 유저가 아니다. 그러나 일반인이라고도 할 수 없다.

프리 미니언이라는 표식이 확인된 이상, 그녀가 어떤 식으로든 지구의 유저와 연관이 있을 것이란 추측 때문이었다.

"당신의…… 주인은 누구입니까?"

"주인이라니, 무슨 말을 하고 싶은 거죠?"

"유저 말입니다. 전장으로 소환되는……."

사라는 입을 달싹거리기만 할 뿐 대답을 하지 않았다. 그저 날카로운 눈으로 이쪽을 살필 뿐이었다.

"대답을 듣고 싶은데요."

"……."

손을 든 채로 몇 초가 지나간 뒤에야 그녀는 총을 내렸다.

스윽.

그리곤 뒤돌아서더니 성큼성큼 멀어지기 시작했다.

'따라오라는 건가?'

민재는 동료들에게 눈빛을 보낸 후 그녀를 뒤따라갔다.

계단을 내려간 그녀는 부엌으로 보이는 곳에 들어갔다. 따라 들어가자 그녀는 물을 주전자에 담아 끓이기 시작했다.

"아직 대답을 듣지 못했는데요?"

"기다려요. 그녀가 오고 있으니까."

"그녀?"

민재는 잠자코 기다렸다.
무작정 기다리기만 하는 것은 아니었다. 누군가가 이쪽으로 오고 있다는 말은 곧 그녀의 전력이 늘어난다는 뜻.
'인원이 증원되기 전에 잡아 버릴까?'
미니맵에 표시되는 사라의 전투력은 그다지 강하지 않았다. 민재 혼자서라도 얼마든지 잡을 수 있을 정도였다.
그러니 그녀를 잡아 배후가 누구인지 추궁을 하는 방법을 사용해도 나쁘지는 않으리라.
"민재, 이대로 있을 것인가?"
체게게가 물었다.
"기다리는 게 좋겠지."
일단은 친선부터. 일이 꼬이면 선제공격을 한다.
민재는 스킬을 사용할 준비를 하며 주의를 기울였다. 그때.
파아앙!
공기가 물결치듯 일렁이더니 무언가가 튀어나왔다.
척!
체게게가 급히 민재 앞으로 나섰다.
하나 민재는 움직이지 않았다. 아니, 움직일 수 없었다.
'사라가 두 명?'
나타난 자는 젊은 여성. 사라 크로포드였다.
옆을 보니 차를 끓이는 사라 크로포드가 보였다. 입고

있는 옷만 다르지 키도 얼굴도 모두가 판박이였다.
'쌍둥이? ……아니야.'
민재는 미니맵을 살폈다.
그러고 나서야 알 수 있었다. 새로이 나타난 사라 크로포드는.
'유저군.'
지금 나타난 쪽이 진짜이고, 처음 만났던 쪽은 가짜인 것이리라.
진짜는 흥미로운 시선으로 민재와 동료들을 훑었다. 그리곤 의자에 앉았다.
"어서 오세요. 사라 크로포드라고 해요."
"이민재…… 입니다."
사라는 민재에게 잠깐 눈길을 주더니 곧이어 동료들 하나하나를 살폈다. 그러던 그녀는 미냐세를 지그시 응시했다.
"흐음…… 앉으세요."
그녀는 공격적이지 않았다. 행동 하나하나에 여유가 넘쳐 났다.
하나, 그 여유만큼 민재는 긴장하고 있었다.
'강하다.'
그녀는 민재 보다 강했다.
수많은 전장을 거치며 성장한 민재. 최고급의 룬과 아이템까지 장착한 후임에도, 민재는 그녀의 상대가 되지 못했다.

진정한 승부는 맞붙어 봐야 알겠지만, 상태창에 표시되는 수치만으로 본다면 민재는 하수에 불과했다.

'제길, 역시 프로 게이머라 이건가?'

첫 전장부터 월등하게 높은 성적을 거두며 지금까지 생존해 왔다면? 그녀가 이토록 강한 것도 납득이 갔다.

개인의 힘이 이 정도인데, 숨겨진 힘은 또 얼마나 클지.

적대하고 싶지 않은 상대였다.

그녀의 속내도 알고 싶었다. 겉으로 웃더라도 속으로는 칼을 겨누고 있을지 모른다.

"미냐세, 어떻게 생각해?"

팀 채팅으로 물었다.

"으음…… 모르겠어."

"모르겠다고?"

"으응……."

미냐세의 목소리에 자신감이 없었다. 사라가 어떤 감정을 품고 있는지 알아차리기 어려운 것이다.

탁.

가짜가 차를 내오고 나서야 진짜가 입을 열었다.

"드세요. 이상한 건 타지 않았으니 안심해도 돼요."

"그러죠."

민재는 그녀의 맞은편에 앉았다. 그러면서 공격에 대비하는 것도 잊지 않았다.

"동향의 유저라니. 참으로 오랜만이로군요. 반가워요."

사라가 머그잔을 쥐며 말했다.

"반갑군요. 그런데, 오랜만이라니요?"

묻자, 그녀는 웃었다.

비웃음은 아니었다. 다만 뭔가, 지나간 옛 추억을 상기하며 짓는 듯한 몽환적인 웃음에 가까웠다.

"6년 만이랄까? 그 정도면 충분히 오래되었죠."

"6년?"

무슨 말인지 이해가 되지 않았다.

민재가 전장에 처음 소환되었던 때는 4월. 지금은 3개월 반이 지나 한여름이 되었다.

짧다면 짧고, 길다면 긴 시간.

그 시간 동안만 해도 민재가 겪은 일이 얼마나 많았던가.

그런데 6년이라니?

"그게 무슨 뜻입니까?"

"말 그대로에요. 내가 겪은 첫 전장은 6년 전이었으니까."

'뭐라고?'

민재는 놀랄 수밖에 없었다.
시간 차이가 너무 크지 않은가? 누구는 4개월도 되지 않았는데, 누구는 6년이라니.
"이번이 처음이죠?"
뜻을 알 수 없는 질문이었다.
속내를 짐작한 것인지, 사라가 웃으며 재차 말했다.
"처음이면 잘 모르는 게 당연해요. 설명하자면, 이번이 두 번째예요."
"무슨 말을 하는 것인지 도무지 모르겠군요."
"시즌 2라구요. 이번 전장이."
'시즌 2?'
잠깐의 의문.
하나 깨달음은 금세 찾아왔다.
시즌(Season)!
지구의 AOS 게임인 록은 시즌제로 운영된다.
공중파로 방송되는 록 경기도, 야구처럼 대회가 집중적으로 많은 기간이 있는 것이다. 보통은 1년에 한 시즌. 록이 오픈한 지 5년이 되는 지금은 시즌 5가 치러지는 중이었다.
그런 식으로 따지자면.
'전장이…… 내가 겪어 온 전장이 두 번째 시즌이라는 것인가!'

겪어 보지 못한 시즌이 이미 있었고, 두 번째로 치러지는 시즌에 민재가 선택된 거라면 말이 되었다.

"그렇다면 사라는……."

"첫 번째 시즌 유저였죠."

'역시!'

그녀는 시즌 1의 유저이자 생존자였으리라.

만약 그렇다면.

"시즌이 끝날 때까지 생존하면…… 능력을 영원히 가질 수 있게 되는 것이군요."

"이해가 빠르군요. 그러니 지금까지 살아남았겠지만."

사라는 씁쓸하게 웃었다.

"나는 하드 포맷도 할 줄 모르는 컴맹이었어요. 이래 봬도 봉춤을 췄거든요. 마우스보단 그쪽이 더 편했죠. 그런 내가 지금은 프로게이머예요."

"이번 시즌에는 선택되지 못한 겁니까?"

"못한 게 아니라 안 한 거죠. 두 번 겪기는 싫으니까."

죽음과 삶이 교차되는 전장이니만큼 그녀가 이해가 되는 민재였다.

"세 번 죽으면 어떻게 되는 겁니까?"

"3데스요? 그건 나도 몰라요. 시즌 1 때는 그런 게 없었으니까요."

"룰이 다르다는 말입니까?"

"그래요. 지금보다 훨씬…… 그때는 전장 규칙도 엉망이었어요. 버그도 많았죠."

"버그가?"

전장은 신이 만든 것이 아니던가? 그 엄청난 능력을 가진 자가 오류를 처리하지 못했다니. 이상하다는 생각이 들었다.

"궁금한 것이 많나 보군요."

사라가 피식댔다.

"네."

"저도 자세히는 몰라요. 말했듯이, 이번 시즌에는 참여하지 않았으니까요."

사라는 차를 후후 불더니 홀짝였다.

그 모습을 지켜보며 민재는 수많은 생각을 했다.

전장에서 마지막까지 생존하게 되면 얻는 보상. 사라의 경우를 보자면 현재의 민재보다 족히 갑절은 강해질 수 있을 것이란 생각이 들었다.

욕심나지 않는다면 인간이 아니다. 명확한 증거가 눈앞에 있는데 어찌 탐나지 않을까.

하나 그러기 위해선 마지막까지 살아남는 것이 중요한 법.

"시즌의 끝은 언제죠?"

"곧요. 얼마 남지 않았을 거예요. 아마도."

그것까지는 그녀도 모르는 것이리라.

"또 질문 있나요?"

사라의 표정이 밝았다.

민재는 잠시 입을 닫았다. 물어볼 것이 너무나도 많아 머리가 뒤죽박죽이었다.

그러다 질문했다.

"전장을 만든 자는, 누구죠?"

"몰라요. 직접 만나 본 적은 없으니까."

"우리를 부른 이유는 무엇인가? 강하게 만드는 이유도."

이번에는 체게게의 질문이었다.

민재의 뒤에서 잠자코 있던 그녀도 시즌 1의 생존자인 사라에겐 묻고 싶은 것이 잔뜩 있는 것이리라.

"글쎄요."

사라는 고개를 저었다.

이번엔 우르자가 물었다.

"마왕을 아는가?"

"마왕?"

사라가 싸늘하게 웃었다.

"지구에서 나쁜 짓을 하려고 해서, 조금 혼내 준 적은 있죠."

마왕이 하려 했던 일은 아마도 침략 행위가 아니었을까?

"……."

우르자는 입을 다물었다.

샤나는 머뭇거리며 눈치를 보더니 핸드폰을 꺼내 자판을 두드렸다.

—여기.

"귀여운 아가씨네. 뭐죠?"

—엄마를 찾을 수 있나요?

"엄마?"

사라는 샤나를 빤히 바라보다 고개를 저었다.

"전장 시스템이 아무리 뛰어나도…… 찾을 수 있는 사람은 한정되어 있어요."

샤나는 눈을 껌뻑거리더니, 곧 고개를 푹 숙였다.

"그쪽은?"

사라는 미냐세를 바라보았다.

미냐세는 천천히 바닥에서 발을 떼어 앞으로 나섰다.

"날 알아?"

"알다니?"

"아까. 날 보는 눈빛이 이상했어. 그리고…… 역시 이상해."

"감정을 읽는 것 말이겠지?"

"응."

미냐세가 끄덕였다.

'미냐세의 능력을 알고 있어?'

알고 있는 것만이 아니라 방어하는 것까지 가능할 것이다. 그렇지 않다면 미냐세가 그녀를 읽는 데 실패했을 리가 없으니까.

그녀는 지구인이니만큼, 선천적인 능력은 아닐 터.

'후천적인 능력이겠지. 스킬일까?'

민재는 사라 크로포드의 입을 주목했다.

그녀는 곧 입을 열었다.

"어디에 살지?"

"저지대 8구역."

"터널 아래쪽?"

미냐세가 몸을 움찔거렸다.

"알고 있어?"

"멀구나. 그런데 지금은 스킨? 아, 물론 스킨이겠지. 대답은 조금 있다가 해 줄게."

"……알았어."

미냐세는 뭔가를 말하려다 말고 뒤로 물러섰다.

민재가 급히 물었다.

"잠깐. 대체 무슨 말입니까? 미냐세가 사는 곳을 아세요?"

"그래요. 당신의 작은 친구는 아마도 예전의 내 동료와 같은 세계에서 온 것 같네요."

"그런 일이……."

충분히 일어날 수 있는 일이다. 확률이 낮을 뿐.

아니, 어쩌면 지구인과 미냐세의 부족이 잘 어울리는 것인지도 모른다. 민재와 미냐세가 그랬던 것처럼, 사라와 그 누군가도 쉽게 친해질 수 있었겠지.

"더?"

사라가 이쪽을 바라보았다.

더 질문이 있냐는 뜻이리라.

묻는 말에 성심껏 대답해 주다니. 적대적이지 않아 참으로 다행이라는 생각이 들었다.

저렇게 웃고는 있지만, 그녀가 숨겨 둔 힘은 어마어마할 것이다. 맞붙게 된다면 적어도 패배. 운이 나쁘면 민재는 물론이고 동료 모두가 죽게 될지도 모르는 일이 아닌가.

그러니 무턱대고 믿을 수만은 없었다.

그녀가 한 말이 사실이라는 증거도 없지 않은가.

그래도 궁금한 것은 있었기에 계속 질문했다.

대답은 대동소이했다. 모른다. 혹은 글쎄요.

민재는 마지막 질문을 했다.

"프리 미니언으로 테러를 하는 이유는 뭐죠?"

민재는 카타르 유전 사건을 물었다.

한데 대답은 의외였다.

"내가 아니에요."

"예? 사라 당신 말고는 할 사람이……."

민재는 말을 하다 말았다.

뭔가 머리털이 바짝 서는 느낌. 무언가 오해를, 지금까지 무언가를 놓치고 있었다는 생각이 든 것이다.

"설마……."

"우리 둘만이 아니에요. 한 사람 더 있죠."

꽝!

망치로 머리를 얻어맞은 기분이 들었다.

유저가 한 사람 더 있다니!

"누굽니까?"

사라의 표정이 싸늘해졌다.

"김철수."

"김철수?"

민재는 입이 딱 벌어졌다.

지난 세계 록 대회 우승자 김철수.

한국 프로게이머 사상 최대의 연봉 계약을 달성한 자. 세계 최강의 록 챔피언.

록을 하지 않던 시절의 민재도 그가 누구인지 알고 있을 정도로 그는 유명한 사람이었다.

그런 그가 유저였다니.

"그럴 수가……."

그 엄청난 실력이 어디서 나온 것인지, 이제야 이해가 되는 민재였다.

"테러를 하는 이유요? 훗. 그는 망상에 사로잡혀 있어요."

사라는 차가운 얼굴로 말을 이었다.

김철수가 추구하는 세상. 그가 꿈꾸는 유토피아를 지구에 구현하기 위해 지구 곳곳을 테러하는 중이라고.

"힘의 이유, 힘 있는 자의 의무에 관심이 많았죠, 그는. 다른 사람이 원치 않더라도 자기가 옳다면 하는 사람이에요. 좋은 말로 표현하면 정의지만, 타인에겐 폭력이 될 수도 있는 신념이죠."

"무슨 일을 저지르고 있는 겁니까?"

"세상을 갈아엎고 있는 중?"

"……."

"그에게는 쉬운 일이니까요. 그만큼 강한 자는 지구에 없으니……."

"당신보다 더 강합니까?"

"나와 비교해요?"

사라가 쿡쿡 웃더니 민재를 빤히 바라보았다.

"내가 강해 보이나요?"

"적어도 저 보다는."

"그는 나 보다 곱절 더 강해요."

"어떻게 그런 일이 가능합니까?"

"그는 시즌 2를 받아들였으니까요."

"그게, 설마……."

사라는 머그잔을 탁자 위에 내려놓았다.

"그는 시즌 1의 챔피언이자, 시즌 2를 시작할 때 나만큼 강한 상태에서 시작한 유저예요. 그러니 지금쯤이면…… 상상이 되시나요?"

아니, 상상이 되지 않았다.

사라만 해도 감당이 되지 않는데, 시작부터 황제급이었던 김철수는 대체 얼마나 강해졌다는 말인가.

그가 착용하고 있는 아이템은? 그의 룬은? 그의 스킬이며 스탯은? 하다못해 동료들은?

어느 한 가지만 차이가 나도 이기기 어려운 판국인데, 모든 것이 월등한 자와 겨룬다? 그가 가진 정보와 지휘력마저 고려한다면.

"그와 적대하는 일은 자살 행위나 다름없어요. 그러니 그를 막을 생각은 하지 않는 게 좋아요."

"……그렇겠군요."

민재는 힘이 빠지는 기분이었다.

전장은 평등하다 생각했었다.

그가 누구든, 어떤 힘을 가졌든, 전장의 초기에는 모두가 평등한 상태에서 게임을 시작한다고 생각해 왔던 것이다.

남들 보다 우월한 정보를 가졌던 만큼 허약한 육체로 시작한 민재가 아닌가. 발악하듯 생존하고, 그것을 바탕으로 더 많은 것을 얻게 되고. 다들 그렇게 전장을 경험했으리라 여겼었다.

한데 시작부터 남다른 자가 있었다는 사실을 이제야 깨닫다니.

'챔피언이라서? 시즌 1의 우승자라서?'

어느 정도 예우해 주는 것이라면 이해가 갔다. 하나 차이가 너무 현격하지 않은가.

"그렇다고 가만히 있다간, 그의 밥이 될 거예요. 그는 변수를 싫어하거든요. 나야 옛 동료이니 봐주고 있지만, 오래가진 않을 거예요. 내 목숨도 얼마 남지 않았달까. 그리고 당신도. 그가 당신의 존재를 안다면 아마도……."

"벌써 알고 있을 겁니다."

"들켰나요?"

"네."

민재는 침을 삼켰다.

카타르에서 있었던 일로, 김철수는 민재의 존재를 눈치챘을 것이다. 민재의 정확한 신원은 아직 모르겠지만, 그에게 있어 민재를 찾아내는 일은 시간문제에 불과할 것이다.

"그러면, 지금쯤 당신을 찾고 있겠군요."
톡톡.
사라가 손가락으로 탁자를 두드렸다.
그리곤 곧 자리에서 일어났다.
"그러면 나를 좀 도와주세요."
"네?"
"시한부끼리 돕고 살자는 뜻이에요."
"친절하게 대해 준 이유가 그겁니까?"
"맞아요, 동맹."
사라는 손바닥을 내밀었다.
"더미를 통해 당신을 보는 순간 알았죠. 나에게도 기회가 왔어요."
"기회?"
"최소한의 발악 정도는 할 기회죠. 물론 죽는 건 변함이 없겠지만."
"김철수와 싸울 생각입니까?"
"아니요. 네."
"음?"
민재는 사라의 눈을 쳐다보았다.
그녀가 무슨 뜻으로 이상한 말을 한 것인지 가늠하기 위해서였다.
하나 눈동자만 바라봐서는 의도를 알 수가 없었다.

그녀는 민재를 보며 웃었다.

"내 영토에 가 볼래요?"

❖ ❖ ❖

"이곳이?"

민재는 주변을 둘러보았다.

사라 크로포드의 영토.

미니맵이 모자랄 정도로 영토가 컸다. 민재의 것과 비교하기 무안할 정도로 광대했다.

전체적인 모습은 중세의 영지였다.

언덕 아래는 온통 밀밭. 황금색 밀이 바람 불 때마다 출렁거렸다. 그 사이로 이어진 자갈길 너머엔 거대한 도시가 있었다.

"넓군요."

민재는 미니맵을 조절해 영토의 외곽을 찾았다.

찾는 데 한참이 걸렸다. 손가락을 몇 번이나 움직이고 난 후에야 영토의 외곽이 나타났다.

그곳은 하얀 벽이었다. 땅에서 갑자기 솟아난 벽이 영토의 경계를 구분하고 있었다. 그 너머는 무엇이 있는지 표시되지 않았다.

'커다란 상자 같군.'

하늘 위에 떠 있는 섬과도 같은 민재의 영토와는 확연히 달랐다.

'대체…… 얼마나 큰 거야?'

민재는 벌어지는 입을 애써 다물었다.

크기를 쉽게 가늠할 수 없었다. 대략 추정하자면 직경이 500km 정도. 넓이로 따지자면 오천만 인구가 사는 한국 정도 되지 않을까?

"크기만 하죠. 질보다 양. 영토 대부분이 개발되지 않은 황무지예요. 그리고 시스템은 아날로그적이랄까. 시즌 2의 영토보다는 기능적인 면에서 많이 떨어질 거예요. 페페!"

사라가 손짓을 하자 앞쪽에서 공간이 일그러졌다. 그러더니 거대한 야수가 튀어나왔다.

슈우욱, 쿵!

크르릉!

집채만 한 야수는 등에 안장을 달고 있었다.

"타죠."

사라가 야수의 등에 올랐다.

민재는 옆에 있는 미냐세를 잡고 점프했다.

사라가 고삐를 당기자 야수는 언덕을 내려가 밀밭 사이를 질주했다. 야수의 거대한 앞발이 대지를 칠 때마다 주변으로 황금의 파동이 번졌다.

빌딩 숲에서는 결코 볼 수 없는 진풍경이었으나, 마음이 편하지만은 않았다.

'괜찮을까?'

다른 이의 영토에 방문한 적은 몇 번 있었지만, 민재는 사라를 아직 믿지 못하고 있었다. 만약 사고가 벌어진다면 그녀의 본진이나 마찬가지인 이곳에서 무사히 도망칠 수 있을까 싶었다.

이곳까지 함께 온 동료는 미냐세뿐이었다. 사라는 다른 이의 방문을 허락하지 않았다.

야수는 금세 도시로 들어섰다.

지구와는 풍경이 달랐다. 판타지 세계가 발전하면 이런 모습이 되지 않을까 싶은 모습. 과학이 아닌 마법으로 이루어진 도시라는 느낌이 물씬 풍겼다.

도시는 단순히 길과 건물만 늘어선 곳이 아니었다. 곳곳에서 기이한 모습의 생명체들이 보였다. 그들은 이쪽을 보곤 허리를 굽히거나 무릎을 꿇었다.

"민재. 전부 프리 미니언이야."

미냐세가 말했다.

민재도 미니맵을 통해 그들의 정체를 파악하고 있었다. 모두가 일반적인 생명체가 아니었다.

'프리 미니언이 이렇게나 많다니.'

도시를 절반도 채 통과하지 않았는데, 지금까지 본 생명체의 수는 수백을 넘어섰다. 사라의 영토 크기를 고려한다면, 이 도시엔 적어도 수만의 생명체가 있을 것이다.

그들은 강하진 않았다.

지구인보다 약하거나 다소 높은 능력치 정도.

'군인이 아닌 생산자들인가? 저들이 없으면 영토가 제대로 기능하지 못하는가 보군.'

철검 하나를 만들려면 광산 노동자와 대장장이 등 많은 인력이 필요하다. 사라의 영토는 생산자가 없으면 제대로 굴러가지 않는 것 같았다.

아날로그라고 하더니, 그 말이 맞았다.

'이게 시즌 1의 영토…….'

낯설었다.

프롬을 제외하면 아무런 관리자도 필요 없는 민재의 영토와는 달리 관리 시스템 자체가 다른 것이다. 어느 쪽이 더 좋은지는 아직 알 수 없었다. 각기 장단점이 있을 것이니.

야수는 다리를 넘더니 곧 멈추었다.

"저것이에요."

사라가 앞을 가리켰다.

거대한 첨탑이 보였다. 도시에서 가장 큰 건물인 그것은 지구의 초고층 빌딩만큼이나 웅장했다.

"저게 뭐죠?"

"챔피언이 된 보상으로 받은 것이죠."
"보상?"
"마지막까지 살아남은 자들은, 보상을 받게 돼요. 그것도……."
사라가 고개를 돌리더니 웃었다.
"아주 특별한 걸 말이죠."
'특별한 보상이라…….'
민재가 받아 왔던 일반적인 보상과는 차원이 다를 것이다. 전장에서 마지막까지 살아남고 또 이긴 자들에게 주어지는 것이니만큼.
"설명해 주시겠습니까?"
"오르면서 말해 줄게요."
사라는 첨탑 안으로 안내했다.
육중한 문을 지나자 거대한 내부가 드러났다. 사라는 건물의 가운데로 안내했다. 그곳엔 커다란 원형 판이 있었다. 천장이 뻥 뚫려 있는 것으로 보아 엘리베이터일 것이다.
"타죠."
민재와 미냐세가 오르자, 발판이 움직였다. 천천히. 균일한 속력으로 상승했다.
"와……."
미냐세가 위를 보더니 입을 벌렸다.

거대한 첨탑의 가운데에 있는 통로라, 하늘로 오르는 무저갱처럼 느껴졌다.

"이 탑은 특별한 힘을 가지고 있어요. 나도 정확한 원리는 모르지만, 마테리아를 가공하는 시설이라고 할 수 있죠."

'마테리아?'

민재도 알고 있는 단어였다.

전장에서 승리할 때마다 받아 온, 전장의 화폐가 아닌가?

그것을 모아 영토를 발전시키고, 용병을 고용하고 또 아이템을 만들었다. 참으로 유용한, 그렇지만 정체를 알 수 없는 화폐였다.

민재는 프롬이 한 말을 떠올렸다.

"영토는 마테리아로 만들어졌습니다. 이 땅도, 저 하늘도, 공간도. ……마테리아는 만물의 근원이죠."

'만물의 근원…….'

전장을 만든 이는 신일 터.

그가 다루는 물질인 만큼, 결코 평범한 물질은 아닐 것이다.

"마테리아가 뭐죠?"

"음…… 모르나요? 시즌 2에도 마테리아가 있을 텐데?"

사라가 고개를 갸웃거렸다.

"있습니다만, 그것이 어떤 것인지는 모르겠군요."

"저도 잘 몰라요. 막연하게만 안달까. 그래서 설명하기 어려워요. 대신 저 시설에 대해선 말해 줄 수 있죠. 음, 쉽게 설명하자면."

확!

갑자기 사라가 돌아섰다.

동시에 그녀는 팔을 뻗었다.

"이런 거죠."

파아앗!

새하얀 손에서 시뻘건 불길이 치솟았다.

그 불길이 민재에게 옮겨붙은 시간은 그야말로 찰나.

'윽!'

민재의 몸이 불타오르며 시큰한 통증이 전신을 덮쳤다.

갑자기 공격이라니!

민재는 반사적으로 뒤로 물러섰다.

"히, 힐!"

미냐세가 급히 회복 주문을 사용했다.

한순간 민재의 몸에서 빛이 뿜어지는가 싶더니, 체력이 회복되었다.

하나 피해는 끝나지 않았다.

지속적인 피해. 통증은 계속되는 것이다.

"점화?"

민재도 사용할 수 있는 유저 스킬이었다. 그것이 사라의 손에서 펼쳐지다니.

공격을 당했으면 반격을 해야 하는 법.

하나 민재는 반격하지 않았다.

사라가 재차 공격해 오지 않았기 때문이었다.

"점화 맞아요."

사라가 생글생글 웃었다.

"왜 공격을 한 겁니까?"

"이걸 보여 주려고요."

팟!

사라가 또 손을 뻗었다.

민재는 바로 회피 행동에 들어갔다. 이번에는 준비하고 있었기에 움직임이 물 흐르듯 빨랐다.

가벼운 공격 정도는 쉽게 피해 버릴 수 있는 빠르기.

그러나 공격은 명중했다.

화아악!

시뻘건 불길. 그것이 다시 민재의 몸을 덮쳤다.

"헐!"

민재는 멈춰 섰다.

'점화가 두 번?'

단거리를 이동할 수 있는 점멸 스킬처럼, 유저 스킬의 재사용 대기시간은 무척 길다. 그렇기에 연속으로 같은 스킬을 사용한다는 것은 불가능한 일.

그런데 사라의 손에서 그 일이 일어났다.

"이 탑의 능력이죠."

사라는 팔짱을 끼더니 위를 올려다보았다.

"마테리아를 가공해, 탑의 주인이 특수한 능력을 사용할 수 있게 만들어 주는 거랄까요."

"그래서 스킬을 연속으로?"

"네. 하지만 겨우 그 정도라면 특별한 보상이라고 할 수 있겠어요? 그 고생을 하고서 얻은 것인데?"

사라가 쿡쿡 웃으며 다가왔다.

"시스템 교란이에요."

"……무슨 뜻입니까?"

"전장 시스템을 내 마음대로 교란시킬 수 있는 능력이죠. 사용 방법은 아날로그예요. 정해진 대로 딱딱이 아니라, 마음먹기에 따라 얼마든지 다르게 사용할 수 있죠. 예를 들면 궁극기를 연속으로 사용할 수 있다든가, 아이템을 제한 이상으로 소유할 수 있다든가. 여러 가지가 있죠."

"뭐, 그런……."

사기, 아니, 사기를 넘어서는 능력이 아닌가?

스킬을 연속으로 두 번 사용할 수 있는 것만으로도 충분히 위협적인데, 그런 괴이한 방법을 아무렇게나 사용할 수 있다니.

"설마…… 킬 카운트도 교란시킬 수 있습니까?"

"그건 해 보지 않아서 모르겠군요. 가능할지도, 어쩌면 불가능할지도 모르죠."

"농간…… 아니, 치사하군요."

저런 능력을 가진 자와 전장에서 맞붙는다면?

'제대로 싸울 수나 있을까?'

십중팔구 질 수밖에 없으리라.

민재는 등에서 식은땀이 흐르는 것만 같았다.

"치사하다니요. 후후, 차라리 버그라고 해 주세요."

"대체 그런 능력을 왜 준 겁니까."

'그 신이란 작자는.'

뒷말은 씹어 삼켰다.

"글쎄요. 내가 아는 건, 이게 내 것이라는 것뿐이에요."

민재는 주변을 둘러보았다.

어느새 발판은 탑의 정상부까지 올라와 있었다.

사방은 거대한 공터. 그 밖은 시퍼런 하늘이었다.

수십 개의 기둥 위에 있는 둥근 천장 가운데에는 돌이

보였다. 기하학적 모양에 기이한 빛을 발하고 있는 그것은 중력의 영향 따위는 무시하듯 허공에 둥둥 떠 있었다.

"저게 챔피언의 보상?"

언뜻 보기에도 강력한 힘이 담겨 있는 것 같았다.

모든 것을 뒤엎을 수 있는 미지의 힘.

그것이 두려웠다.

하나 동시에 마음속 깊은 곳에서 정체불명의 열기가 피어올랐다.

만약, 끝까지 살아남을 수만 있다면, 챔피언의 보상으로 저런 것을 가지게 될 수도 있지 않을까.

"저것만 있으면, 불가능이 가능으로 바뀌죠."

사라가 뒷짐을 지곤 어린아이처럼 걸었다.

"문제는 우리의 적, 김철수도 저런 것을 가지고 있다는 거죠."

"음……."

김철수 역시 시즌 1의 챔피언.

그렇지 않아도 강력한 그가 저런 사기적인 시설마저 가졌다?

'후우…….'

절로 한숨이 나왔다.

알면 알수록, 자신과 그의 차이가 너무나도 크게만 느껴졌다. 대적하고 싶은 전의마저 꺼지는 기분이었다.

"이걸 볼래요?"

팟!

사라의 손에서 갑자기 책이 나타났다.

"그가 일으킨 사건을 스크랩해 둔 거예요. 난 아날로그가 좋거든요."

민재는 책을 받아서 펼쳤다.

몇 가지 신문 기사 조각, 휘갈겨 쓴 메모가 덕지덕지 붙어 있었다.

다음 페이지도. 그다음 페이지도.

내용은 한결같았다.

세계를 주름잡고 있는 거물급 인사들에 관한 짤막한 기사였다.

대부분 모르는 자였으나, 일부는 민재도 알고 있는 사람이었다.

세계적인 거부. 대통령…….

그것을 훑어보고 있으니, 사라가 물었다.

"황당하죠? 이미 세계는 그의 손에 넘어갔어요. 곧 패권이 바뀔 거예요."

"……설명해 주시겠습니까? 난 영어를 못 읽습니다."

"예?"

사라의 눈이 동그래졌다.

"말만 할 줄 압니다."

"흠…… 좋아요."

사라가 책을 받아 들었다.

그녀는 페이지 하나하나를 가리키며 설명하기 시작했다.

"이 사람, 미국 연방 준비은행의 총재예요. 김철수의 프리 미니언이죠."

"뭐, 뭐라고요?"

기가 막혔다.

총재가 프리 미니언이라니.

경제에 문외한인 민재라도 연방 준비은행이 세계에 얼마나 큰 영향력을 발휘하는지 정도는 알고 있었다. 달러를 찍어 내는 곳. 세계를 지배하는 것은 미국이고, 미국을 지배하는 것은 연방 준비은행이라는 말까지 있을 정도가 아닌가.

'그런 거물이 김철수의 하인이라니.'

아니, 그보다.

"지구인을, 사람을 프리 미니언으로 삼았다는 말입니까?"

"당신도 가능하지 않나요?"

가능? 민재도 가능하긴 했다.

비누엘과 우르자가 딸을 프리 미니언으로 삼았듯, 민재 역시 지구인을 프리 미니언으로 등록할 수 있다.

하나 알고만 있었지, 그렇게 해 보지는 않았다. 이유가 없기 때문이었다.

그런데 김철수는 했다.

"왜 그런 겁니까? 패권 때문에?"

"세상을 자기 입맛대로 바꾸려는 거죠. 남들이야 어떻게 되든 말든."

사라가 실실 웃었다.

"이건 최근 일 년간의 유가 변화를 나타낸 그래프예요. 가파르죠? 김철수가 화석연료를 없애고 있어요."

"……석유는 왜?"

"에너지를 독점하기 위해서죠. 이걸 봐요."

쉬익!

사라의 손에서 누런 덩어리가 나타났다.

"황금?"

"내 영토에서 캐낸 것이에요."

"영토에서 그런 것도 납니까?"

"물론이죠. 땅이 넓으니 별의별 자원이 다 있어요. 덕분에 돈 걱정은 안 하게 돼서 좋지만요. 아, 그게 아니라, 석유도 나요."

"석유가?"

"내 영토에서 가능하다면, 김철수의 영토에서도 가능하겠죠?"

민재는 입을 닫았다.

김철수가 무슨 짓을 저지르고 있는지 감이 온 것이다.

지구의 자원을 없애면, 세계는 공황에 빠져들 터. 그때 자신의 영토에서 캐낸 자원을 무기 삼아 세상을 지배하려 들 것이다. 이미 세계의 거물들이 그의 하인이 된 후이니.

민재는 사라를 쳐다보았다.

"김철수를 막을 자가 없겠군요."

"없죠. 우리 빼고는."

"우리가? 무슨 수로 그를 막습니까?"

아마도 불가능.

사라와 힘을 합쳐도 김철수를 이길 수는 없을 것이다.

시즌 1의 챔피언인 상태로 시즌 2를 겪고 있는 그. 그것만으로도 사라와 민재의 전력을 넘어설 게 아닌가. 그런데 김철수는 챔피언의 보상마저 가지고 있으니.

"……."

참담한 표정을 짓고 있었기 때문일까?

사라가 묘하게 웃으며 말했다.

"우리로는 불가능하죠. 죽고 말 거예요."

암담한 말과는 달리, 사라의 표정은 밝았다.

"대책이 있나 보군요."

"네."

그녀는 고개를 돌렸다.

그 눈길은 민재의 뒤편, 미냐세를 향했다.

“시즌 1의 챔피언은 3명. 내 옛 동료도 그중 한 명이죠.”

CHAPTER 31
유적

슈와악!

피부를 감싸는 공간이 일그러졌다가 제 모습을 찾았다.

그러자 새로운 장소가 눈앞에 나타났다.

자줏빛 하늘. 그 아래는 크고 작은 언덕이 즐비했다. 언뜻 물거품 다발처럼 보이는 언덕은 형형색색으로 가득했다. 붉고 푸른, 혹은 은은한 파스텔 색상의 언덕들은 채도가 비슷해서인지 세련된 예술 작품처럼 보였다.

'이곳이…….'

미냐세의 영토.

민재는 처음 와 보는 장소였기에 낯설다는 느낌부터 받았다. 그러나 그 감정은 금세 사라졌다. 왠지 모를 익숙함이 느껴진 것이었다.

미냐세에게 자신의 세상이 어떤 곳인지 들어서일까? 아니면 동화책을 연상케 하는 색채가 시야를 사로잡은 탓일까?

민재는 천천히 주변을 둘러보았다.

'버섯인가?'

언덕이라고 생각했던 것들 모두가 버섯이었다.

집채만 한 버섯이 세상에 있겠냐만, 지구가 아닌 다른 차원이다 보니 자연스레 받아들여졌다.

[균조류투성이라니. 시궁창 같군.]

팍살라가 코웃음을 쳤다.

"그게 뭐야?"

미냐세가 물었지만 팍살라는 대답하지 않았다.

그녀는 고개를 갸웃거리다 앞을 가리켰다.

"집은 저쪽이야."

"바로 갈까?"

"응."

민재는 미냐세와 함께 전진했다. 뒤는 곰일과 곰이가, 그 뒤는 팍살라가 뒤뚱거리며 따랐다.

미냐세의 영토로 온 인원은 이게 전부.

나머지 동료는 급한 일이 없는 한 자신의 세계에서 시간을 보내기로 했다.

이번 여행의 계기인 사라 크로포드는 지구에서 할 일이 있다고 했다. 그 일이 무엇인지 정확하게 말해 주지는 않았다. 단지 김철수를 막기 위해 무언가를 해야 한다고 읊조렸을 뿐이다.

앞으로 걸어가자 거대한 언덕이 몇 개 나타났다. 창문으로 보이는 구멍이 군데군데 뚫려 있는 것으로 보아 건물인가 싶었다.

"저긴 애들 집이야."

미냐세가 뒤를 돌아보았다.

"너희 엄마 보러 갈래?"

"엄마!"

"밥밥!"

쿵쾅쿵쾅!

곰일과 곰이가 즉시 옆으로 내달렸다.

'잠깐 보내 줘도 되겠지.'

곰들은 프리 미니언이니 언제든 소환할 수 있었다.

미냐세를 따라가자 모양이 조금 다른 버섯집이 나타났다. 동물 우리와는 달리 사람이 사는 곳처럼 꾸며진 장소였다.

마당엔 닭 몇 마리가 돌아다니고 있었다. 병아리 모습의 퍼스파가 다 자란 모습일 것이다.

'시골 같군…….'

집 앞에는 사람 하나가 보였다. 귀와 꼬리가 달린 외계인.

"엄마!"

미냐세가 손을 흔들자 그녀가 돌아섰다.

'음?'

키만 조금 더 클 뿐, 미냐세와 똑 닮은 모습이었다. 나이 차이도 얼마 나지 않아 보였다. 엄마라기보다는 언니처럼 보일 정도였다.

그녀는 깜짝 놀라 보였지만, 곧 반가운 얼굴로 말했다.

"왔니? 그분들은?"

"민재야. 얘는 팍살라. 용이래."

[얘라니.]

팍살라가 투덜거렸다.

"안녕하세요?"

민재가 앞으로 나섰다.

"반가워요. 나르세라고 합니다."

그녀가 손을 뻗었다.

민재는 악수하지 않았다. 손을 뻗어 그녀의 손 위에 포갰다. 먼저 손을 내미는 행위는 호의. 먹이를 주는 듯한 인사법엔 먹이를 받는 행동이 화답이었다.

"이민재입니다."

"어머나, 말씀은 많이 들었어요. 생각보다 키가 크시네요."

"보통입니다."

"우리 미냐세가 신세를 많이 지고 있어요. 정말 감사드립니다."

"별말씀을. 제가 오히려 도움 받고 있죠."

잠깐의 인사가 오가자, 여성 한 명이 더 나타났다.

"아! 얘는 에르나야. 내 하인."

민재는 그녀와도 인사를 나눴다.

인간형인 프롬과는 달리 미냐세의 하인은 그녀와 판박이였다. 다만 나이는 더 어렸다.

"안으로 들어가시죠."

나르세가 집 안으로 안내했다.

버섯집 안은 포근한 느낌이었다. 침대도 가구도 화덕도 내부를 깎아 만들어져 신기했다.

팍살라는 덩치가 커 들어올 수 없었다. 민재가 화덕에 앉자 하인이 먹을 것을 내왔다. 처음 보는 작물에 지구의 것이 섞여 있었다.

잠시 덕담을 주고받은 후, 미냐세가 본론을 꺼냈다.

"엄마. 고지대로 가는 방법 알지?"

"그래. 예전에 가 본 적이 있지. 그런데 왜?"

"거기로 가야 해."

"안 돼. 터널은 위험해."

"민재가 있잖아."

나르세는 눈을 깜빡거렸다.

"안전은 보장할 수 있습니다."

민재는 강하다. 미냐세 역시 마찬가지. 팍살라까지 돕는다면 이쪽 세계에서 위험할 일은 없으리라.

나르세는 대답하지 않았다.

잠시 뜸을 들이던 그녀는 한숨을 내쉬었다.

"자신감이 대단하군요. 그 힘을 믿어 보겠어요."

"미안, 엄마. 꼭 가야 해."

"길을 알려 주시겠습니까?"

"지도를 그려서 드릴게요."

나르세는 일어났다.

옆에서 가죽과 숯을 가져오더니 그림을 그리기 시작했다.

스윽. 스윽.

그림은 간단했다.

마차 바퀴처럼 생긴 모양.

막대 사탕 여러 개를 동그랗게 배치한다. 사탕은 밖으로, 막대는 안으로. 그렇게 큰 동그라미를 만들고 나면 막대들이 정중앙의 한 점을 향한다. 그곳에 큰 감자 하나를 올려놓는다.

"세계는 이렇게 생겼어요."

"예?"

고지대로 가는 지도를 그려 준다더니, 이게 무슨 말인가?

나르세가 막대 사탕 하나를 가리켰다.

"이곳이 우리 부족이 사는 땅이에요. 8구역이라고 부르죠. 그리고 터널은……."

이번엔 사탕에 붙어 있는 막대기를 가리켰다.

"여기예요. 이 위로 올라가면 이곳, 고지대가 나와요. 그곳은 저지대와는 달라요. 몸이 가벼워지고, 날아다닐 수 있어요."

"그런……."

민재는 말문이 막혔다.

나르세의 설명을 들을수록 뭔가가 떠올랐기 때문이었다.

'콜로니?'

SF 영화에서나 보던 거대한 우주 구조물.

우주에서 중력을 구현해 내기 위해서 콜로니를 회전시키는 광경을 영화에서 종종 보곤 했던 것이다.

너무나도 큰 구조물이라 현세의 과학 기술로는 만들 수 없다. 그저 영화 속에서나 볼 수 있는 상상에 불과했다.

그런데 미냐세의 세계가 그런 거대한 구조물과 똑같이 생겼다고?

"그러니까, SF 세계란 말입니까?"

"네? 그게 뭐죠?"

"아니……."

민재는 설명하려다 그만두고 말았다.

미냐세의 부족이 그런 엄청난 과학력을 가지고 있었다면, 얼기설기 짠 직물로 만든 옷을 있을 리가 없다. 미냐세에게 듣기론 이곳의 문명은 고작 부족 사회 수준에 불과하지 않던가.

'쇠락한 거군.'

이들 종족은 한때 지구인 이상으로 발전했을 것이다. 그러나 어떤 이유로 문명을 모두 잃고 부족 사회로 전락하고 말았을 터.

'그래서 사라가 그런 말을 했었나.'

"그곳에 가 보면, 장담하죠. 깜짝 놀랄 거예요."

그 말에 민재는 동의했다.

"고지대는 무중력 공간이겠군요. 그러니까 무게가 전혀 느껴지지 않는 장소요."

"네, 맞아요. 민재의 세상에도 그런 곳이 있나 보죠?"

"있긴 있습니다만……."

민재는 가 보지 못했다.

숨을 가다듬고 다시 물었다.

"터널엔 무엇이 있죠?"

"아무것도 없어요. 텅 빈 통로만 있죠. 예전엔 안전했지만, 지금은 괴물들이 있어 위험해요. 잠시 만요."

나르세가 일어나더니 바구니를 뒤졌다.

꺼내 든 것은 밧줄과 갈고리 같은 것들이었다.

"이걸 가지고 가세요."

"등산 장비입니까?"

"네. 터널을 오르는 데 필요할 거예요."

민재는 받지 않았다.

"괜찮습니다."

민재는 창밖을 가리켰다. 그곳엔 거대한 붉은 날개가 보였다.

"우리는 날아갈 거니까요."

파앙!

공기가 터지며, 민재는 새로운 세계로 진입했다.

미냐세의 세계.

쇠락한 문명의 잔재로 오게 된 것이다.

"여기가 내가 사는 곳이야."

"과연……."

민재는 주변을 살폈다.

이곳 역시 버섯투성이였다. 영토와 다른 점이 있다면 천장이 있다는 것. 너무 높아 희미하게 보일 정도였지만, 하늘이 없는 세계였다.

어딜 봐도 인공구조물이었다. 지금은 온통 버섯으로 도배되어 있어 제 모습을 알아볼 수 없을 정도지만.

"마을 보고 갈래?"

"아니. 바로 가자."

민재와 미냐세는 팍살라의 등 위에 올랐다.

[기이한 곳이군.]

파악!

팍살라가 날아올랐다.

단숨에 몸이 아래로 꺼지는 느낌이 나더니, 어느 샌가 엄청난 높이로 올라와 있었다.

"우왓."

미냐세가 등에 안겨 왔다.

민재는 사방을 살폈다.

아래쪽엔 대지가 보였다. 산과 길, 밭 그리고 소박할 정도로 작은 마을 몇 개.

위쪽은 고드름처럼 아래로 자라 있는 버섯이 잔뜩 있었다.

"터널이 보여?"

[저쪽인 것 같군.]

팍살라가 날개를 저었다.
슈우욱!
붉은 거체가 제트기처럼 발사됐다.
날쌘 바람을 맞으며 민재는 미니맵을 펼쳤다. 화면에 꽉 찰 정도로 8구역은 넓었다. 손가락을 몇 번 움직이자 세계의 전체 모습이 드러났다. 나르세가 그려 준 그림과 흡사한 구조. 그 밖은 캄캄했다.
'정말이군.'
어림잡아도 직경이 백 킬로미터는 넘었다. 이렇게나 큰 구조물이라니. 어떻게 만들어진 것인지 상상조차 할 수 없었다.
[저기다.]
얼마 지나지 않아 팍살라는 터널을 찾아냈다.
천장에 뚫린 자그마한 구멍.
보기에는 작았으나 가까이 다가갈수록 크기가 엄청나다는 것을 금세 알아차릴 수 있었다.
[꽉 잡도록.]
팍살라가 몸을 회전했다.
머리를 위로 향하고 쏘아지듯 단번에 위로 솟았다.
슈우웅!
거체가 고속도로처럼 뻥 뚫린 통로를 꿰뚫었다.
사방에서 뭔가가 날아올랐다. 박쥐 떼 같았다. 괴물이라는 놈들이리라. 하나 그것들은 근처까지 오지도 못했다. 팍살라가 너무 빨라 스쳐 지나가 버린 것이다.

팍살라는 점점 빨라졌다.

귀가 먹먹한 시간을 버텨 내자 곧 그의 몸이 멈춰 섰다.

파악!

날개가 펼쳐지며 세상이 정지했다.

풍경이 확 변해 있었다.

거대한 공간은 사라지고 네모난 방이 나타났다. 방의 크기가 크다는 점에선 매한가지였으나 광활할 정도로 크진 않았다. 벽에도 버섯이 드문드문했다.

'이곳이 고지대?'

저지대와 결정적으로 다른 것은 몸이었다.

"앗!"

미냐세가 민재의 옷깃을 잡았다.

돌아보니, 그녀의 하체가 위로 떠올라 있었다.

"민재! 몸이!"

"무중력 공간이라 그럴 거야."

민재는 미냐세를 잡아끌었다.

"물속 같아, 으으."

"꽉 잡아."

미냐세가 업히듯 등에 안겼다.

[어디로 갈 거지?]

방향은 많았다. 네모난 방 여기저기에 통로가 뚫려 있었기 때문이었다.

"정찰을 해야겠어."

스윽.

민재가 팔을 뻗었다. 동시에 자신의 영토에 있는 프리 미니언들을 소환했다.

팟팟팟!

민재의 앞쪽에 물결이 일렁거리며 노란 것들이 나타났다. 정찰용으로 사용하는 프리 미니언, 퍼스파들이었다.

삐약!

"찾아."

푸드득!

퍼스파들이 날아올랐다. 처음엔 무중력에 적응하지 못했으나 곧 안정을 되찾고 흩어졌다.

그들이 사방으로 뻗어 나가자 시야가 넓어졌다. 민재는 미니맵으로 주변을 살폈다.

고지대는 작은 공간 여러 개가 늘어선 곳이었다. 격납고로 보이는 장소, 실험실이나 회의실로 보이는 곳, 무언가를 기르던 곳. 상당히 넓었고 또 낡았다. 방치된 지 수 세기는 지난 것만 같았다. 한데.

'아무도 없군.'

날짐승을 닮은 괴물은 많이 보였으나, 목표는 없었다.

그러던 어느 순간.

슈욱, 콰직!

뭔가가 튀어나오더니 좌측 통로로 갔던 퍼스파 하나를 으깨 버렸다.

'윽!'

시끈거리는 통증이 느껴졌다. 죽었다. 뭔가의 공격에 프리 미니언이 죽어 버린 것이다.

'한 방에?'

일격에 즉사.

무엇이 프리 미니언을 공격했는지 확인하지 못했다.

하나 강자일 것이다. 정찰용 프리 미니언은 전장에서나 약자일 뿐, 이 세계의 괴물들에게 약자 소리를 들을 정도는 아니었다.

'그놈이야.'

민재가 소리치기도 전에 팍살라가 움직였다.

파악!

날개가 접히자 팍살라의 거구가 빠른 속도로 쏘아졌다. 낡은 복도 곳곳에 이동을 방해하는 지형지물이 있었으나, 팍살라의 몸은 물고기처럼 유연하게 그것을 피해 나갔다.

그렇게 전진해 나가자 거대한 광장이 드러났다.

가운데가 뻥 뚫린 공간 중앙에 인영이 보였다. 귀와 꼬리, 보라색 피부. 미냐세의 부족이었다.

그놈은 뭔가를 으적으적 씹고 있었다. 입가에 피 칠갑이 된 것으로 보아 프리 미니언이리라.

"으윽."

미냐세가 불편한 소리를 냈다.

그놈은 천천히 돌아서서 보라색 눈동자를 이쪽에 고정했다.

'놈이군.'

키는 크지 않았다. 낡고 해진 옷 사이로 앙상한 팔다리가 보였다.

강함이라고는 전혀 느껴지지 않는 몸.

하나 민재는 알 수 있었다.

'강하다.'

전장 시스템은 거짓이 없다.

상태창으로 확인한 녀석의 능력치만 해도 민재의 두 배는 되었다. 사라만큼이나 강한 유저인 것이다.

역시나 명불허전. 시즌 1의 생존자다웠다.

"여기서 기다려."

민재는 팍살라를 발로 찼다.

빠르지도 느리지도 않은 적당한 속도로, 민재의 몸이 무중력 공간을 전진해 나갔다.

놈은 멍한 눈초리로 이쪽을 보고 있다가, 돌연히 손가락을 들었다.

스윽!

얼굴이 무표정했다. 적대 행동으론 보이지 않았다.

그러나 민재는 저 행동이 의미하는 바를 너무나도 잘 알고 있었다.

스킬을 사용할 때나 볼 수 있는 행동이 아닌가?

민재는 급히 외쳤다.

"블랑스!"

멈칫.

"사라 크로포드를 알지?"

그제야 놈의 얼굴에 표정이 나타났다.

의문이 스민 표정. 어째서 그 이름을 알고 있냐는 투다.

민재는 지형지물을 잡고 속도를 늦췄다.

또한 공격에 대비했다.

"조심하세요. 미쳤으니까."

사라가 했던 말이었다.

미친놈이라니. 어째서냐고 묻자, 그녀는 답했었다.

"맨 정신으로 살아남았을 리가 없잖아요. 전장은 그런 곳이니까."

미치지 않고선 살아남을 수 없는 곳. 시즌 1은 지금보다 더욱 처절한 전쟁터였으리라.

전투마다 동료가 죽어 나간다면? 소환되기 싫어 발버둥쳐도, 눈을 뜨면 어김없이 지옥이라면?

민재는 착잡한 마음을 감출 수 없었다.

"그녀의 전언이다! 복수할 때가 왔다!"

크앙!

놈이 달려들었다. 눈으로 좇기 어려울 정도의 빠르기.

급히 회피하려 했으나, 놈이 더 빨랐다. 이대론 피할 수 없었다.

반격해야 하나?

찰나, 민재는 고민했다. 그러나 공격하지는 않았다.

'컥!'

멱살이 잡힌 것은 순식간이었다.

자그마한 손에 목이 잡힌 채, 민재는 눈앞이 꺼지는 듯한 느낌을 받았다.

콰앙!

뒤통수에 충격을 느끼며 깨달았다. 먼 거리를 단숨에 이동해 벽에 부딪히고만 것이다.

몸이 튕겨 나가는 와중에 놈의 얼굴이 보였다. 숨결이 느껴질 정도로 거리가 가까웠다.

놈의 얼굴은 악마처럼 일그러져 있었다.

"네놈…… 누구냐?"

"시즌 2의…… 유저다."

"시즌 2?"

"그래. 네가 겪었던 전장이 끝나고 난 뒤에, 새로운 게임이 시작됐어. 난 거기에 당첨되었지."

민재는 시즌 2에 대해 말해 주었다.

"크하하하하!"

블랑스는 별안간 웃어 댔다.

"시즌 2라니! 불쌍한 놈이구나, 너!"

'불쌍하다고?'

민재는 자문해 보았다. 자신이 불쌍한 놈인가?

살아남는다면 큰 기회. 지구인은 가질 수 없는 큰 힘을 얻게 된다. 대신 죽는다면 그걸로 끝.

이것은 행운인가, 악운인가.

아직 결론을 내리기 이르다. 그저 기회가 행운이 되도록 노력할 뿐.

하나 눈앞에 있는 녀석은 불행이라고 생각하는 것 같았다. 그것도 지독한 불행이라고.

'선천적인 능력 때문이겠지.'

타인의 기분을 느낄 수 있는 능력. 그 능력으로 얼마나 많은 죽음을 보았을까.

"연민하는구나. 감히."

놈이 웃음을 멈추고 물었다.

"글쎄."

"사라를 만났다고?"

"그래, 사라는 나와 같은 세계에 살아."

"김철수의 세계!"

으득!

엄청난 분노가 느껴졌다.

그 분노는 김철수를 향한 것이리라.

'복수라.'

사라에게 처음 들었을 때는 놀랐다. 김철수가 그런 냉철한 인간이었다니.

"그의 궁극기는 포메이션. 일정 시간 동안 아군을 조종할 수 있죠. 그 스킬에 걸리면, 나는 내가 아니에요. 그저 인형이나 체스 말, 전략 게임의 전투 유닛이나 마찬가지인 신세가 돼요. 물론 거부권은 없어요. 팀에서 빠지면 안 되겠냐고요? 불가능해요. 팀은 고정적이었거든요. 죽거나, 인형처럼 싸우거나. 둘 중 하나뿐이었죠."

김철수는 아군의 죽음을 도외시하고 승리를 위해 효율적으로 움직였다고 했다. 그렇기에 팀은 승승장구했지만, 시간이 갈수록 희생은 커져만 갔다.

결국 마지막 전장에서, 이 녀석의 연인도 죽음을 맞이했다.

"날 그 세계로 소환해라."

블랑스가 씹어뱉듯 말했다.

"그럴 예정이야."

사라의 예상대로였다.

블랑스는 김철수를 증오한다. 그와 힘을 합치면 김철수에게 어느 정도는 대항할 수 있으리라고 여겼다.

하지만 사라는 블랑스에게 메시지를 보낼 방법이 없었다. 시즌이 종료되는 순간, 친구 등록이 삭제되었고, 다른 차원으로의 이동도 불가능했다.

민재가 아니었더라면 사라는 블랑스에게 연락조차 하지 못했으리라.

'최소한의 발악이라도 할 기회라.'

사라는 그렇게 말했다.

사라와 블랑스, 민재가 힘을 합치면 김철수를 이길 수 있을지도 모른다고.

승패는 김철수가 얼마나 강하냐에 달려 있는데, 이는 사라도 알 수 없다고 했다.

"잠자코 있었지만, 그가 하는 일이 도를 넘기 시작했어요. 그래서 방해한 적이 있죠. 그때 느꼈어요. 나 혼자서 그를 막기란 불가능에 가깝다는걸.”

파멸을 막기 위해 사라는 도움을 청했다.
민재는 부탁을 받아들였다. 그래서 이곳으로 왔다.
하나.
‘아직 사라를 완전히 믿을 수는 없어.’
그녀가 했던 말들이 사실인지 확인이 필요했다.
“왜 시즌 2를 받아들이지 않았지?”
김철수를 그렇게나 증오한다면, 전장에 다시 참여해야 했다.
“받아들인다?”
“사라는 권유를 받았다더군. 거절했지만.”
“크아아! 이 썩을 놈!”
블랑스가 괴성을 지르며 욕을 해 댔다. 아마도 전장을 만든 장본인을 욕하는 것이리라.
“권유받지 못했어?”
“히히히히!”
“김철수는 더 강해졌어. 시즌 2에 참가했거든. 네가 알고 있는 것보다 배 이상 강해졌을 거야.”
“그게 무슨 상관이야?”
“죽을지도 몰라.”

"무엇을 떠보고 싶은 거지?"

'나를 읽은 건가?'

속이기 어려운 종족이었다. 그러니 솔직하게 말하는 것이 좋으리라.

"사라의 말이 사실인지 확인하고 싶어."

민재는 사라에게 들었던 정보를 나열했다. 블랑스는 킥킥댔다.

"그게 중요해? 넌 너와, 쟤들만 중요한 거 아냐?"

블랑스가 민재의 뒤편을 가리켰다. 팍살라와 미냐세를 말하는 것이리라.

"네게 복수가 중요하듯, 내게는 사실 여부가 중요해."

"사실이야, 사실이라고! 날 어서 그 세계로 데려가라고!"

블랑스가 발광하기 시작했다. 주위의 물건을 마구잡이로 부수기 시작한 것이다.

'골치 아프군. 그냥 데려갔다간 문제가 생길 수도 있겠어.'

데려간다고 김철수와 바로 싸울 수는 없다. 준비가 필요했다.

그러니 전투 전까지 블랑스가 있을 곳은 이 영토뿐.

사라의 영토에 둘 수는 없었다.

민재는 아직 그녀를 온전히 믿지 않았다. 블랑스를 넘겨

줬다간 사라가 어떻게 나올지 예상할 수 없었다.

그렇다면 민재의 영토만 남는데, 저 꼴을 보자니 영토로 데려갔다간 일을 만들 것 같았다.

"나중에 또 데리러 올게. 미냐세!"

"당장 데려가!"

블랑스가 달려들었다.

하나 이번에는 민재가 빨랐다.

'귀환!'

팡!

시야가 폭발하듯 일그러지더니, 곧 익숙한 풍경이 눈앞에 들어왔다. 민재의 영토였다. 옆에는 팍살라와 프리 미니언들이 보였다. 민재가 귀환하자 모두가 함께 귀환한 것이다.

'후우.'

안 되긴 했지만, 어쩔 수 없다고 생각했다.

민재는 미냐세에게 초대장을 보냈다. 그녀는 곧 소환되었다.

"……."

미냐세의 얼굴이 어두웠다.

블랑스의 감정을 읽고 우울해진 것이리라.

"괜찮아. 나중에 데리러 갈 거야."

"그래도……."

"다시 부를게."

팡!

민재는 사라의 저택으로 이동했다. 어둑어둑한 저택 내부가 눈에 들어왔다.

'벌써 밤이군.'

"사라!"

소리치곤 의자에 앉았다. 곧 발걸음 소리가 들려왔다.

"오셨군요."

가짜 사라였다.

"잠깐 기다리세요."

잠시 뒤, 진짜가 도착했다.

그녀는 잠옷을 입은 채 하품을 하며 나타났다.

"만났나요?"

"네."

"그는 어떻던가요?"

"강하더군요. 그리고……."

"제정신이 아니죠?"

민재는 어깨를 으쓱했다.

있었던 일을 말해 주자 사라가 웃었다.

"잘했어요. 화가 풀리는 걸 기다리는 게 좋겠어요."

사라가 민재 앞에 앉았다. 가짜는 커피를 내왔다.

"이제 말해 주시죠. 어떻게 할 것인지."

김철수와 싸워 이길 계획.

그녀는 민재가 블랑스를 보고 난 후에 말해 주겠다고 했었다. 이제 대답을 들을 차례였다.

"사실 별 것 없어요. 쪽수로 이기는 거니까."

사라가 피식 웃었다.

"쪽수라니요?"

"간단해요. 아군을 최대한 많이 모아서 싸우는 거죠."

"그 말은 나보고 하는 말 같군요."

"맞아요. 나랑 블랑스는 쪽수 늘리기가 안 되니까. 민재는 가능하죠. 지금 시즌을 치르고 있는 중이잖아요."

그 말이 맞았다.

민재는 동료를 더 모을 수도 있다.

용병 고용의 한계치까지 모으면 유저를 50명까지 모을 수 있게 된다.

현재 민재와 가까운 유저는 16명. 사라와 블랑스, 민재까지 합치면 19명이다.

유저마다 프리 미니언까지 있으므로, 모을 수 있는 인원을 다 모으게 되면 엄청난 대인원이 된다.

민재는 그 힘을 상상해 보았다.

'으리으리하군.'

지난 일반 게임처럼 거대한 전장마저 커버할 수 있지 않을까?

“하지만 수만 많다고 이길 수 있는 건 아닐 텐데요?”

아군의 죽음은 곧 적의 경험치다. 약한 아군은 독이 될 수 있다.

“물론이죠. 저도 그 정돈 알아요. 게다가 안면도 없는 사람이 도우려 들지도 않을 거고. 검증된 동료가 최고죠.”

“인원이야 그렇다고 쳐도, 김철수를 어떻게 막을 겁니까?”

“예상하지 않나요? 대전이죠.”

“대전…….”

사실 유저를 죽이는 건 불가능에 가깝다.

죽기 직전 영토로 도망쳐 버리면 잡을 방법이 없기 때문이다. 게다가.

‘김철수도 부활 스킬을 가졌겠지.’

부활 스킬을 사용하면 바로 되살아날 수 있다.

이까지 고려하면, 사실 김철수를 막을 방법은 단 하나뿐이다.

전장으로 얻은 능력은 전장의 기능으로.

“김철수가 대전을 받아들일까요?”

사라가 고개를 저었다.

“절대 안 받아들이죠. 미치지 않은 이상 왜 받아들이겠어요? 확률은 낮아도, 까딱하면 죽을 수도 있는데.”

"받아들이게 하는 수밖에 없겠군요. 궁지에 몰리게 해서."

"네, 암살은 어때요?"

사라가 킥킥 웃었다.

"김철수의 프리 미니언을?"

모두가 거물급 인물이다.

그런 자들이 연이어 죽는다면 세계는 혼란에 휩싸일 것이 아닌가.

"하고 싶지 않군요."

"물론 농담이에요. 진짜 계획은 더 멋지달까. 김철수의 약점을 노리는 거죠."

"약점? 그런 게 있습니까?"

"네, 김철수는 변수를 싫어하니까요. 그러니까 우리가 변수가 되는 거죠."

민재는 사라가 무슨 말을 하는지 이해가 되지 않았다.

변수라니. 강력한 힘을 가진 그가 혼란스러워할 일이라도 있다는 말인가?

그가 어떤 사람인지라도 알고 있다면 대책이 서겠지만, 아쉽게도 민재는 그를 알지 못했다.

"그는 조용히 세상을 지배하고 싶어 해요. 자신만의 확고한 기준도 있고 나름 상식도 있는 사람이죠. 그러니까 우리는 그 상식을 깨부수면 돼요."

"자세히 말해 주시죠."

"세상에 슈퍼맨이 있다는 걸 알리는 거죠."

"설마…… 능력을 대중에게 알리자는 말입니까?"

민재는 입을 딱 벌렸다.

지금 사라가 무슨 소리를 하고 있는 건가? 유저의 힘을 세상에 공개하겠다는 게 아닌가.

나 힘 있소, 라며 떠벌리고 다니기보다는 조용하게 살며 힘으로 이득을 보길 원했던 민재였다. 그렇기에 가진 힘에 비해 지금까지 이룬 것이 많지 않았다.

이는 사라와 김철수도 마찬가지였으리라.

그렇지 않았다면 이미 유저의 존재가 세상에 알려졌을 테니.

"능력을 알려도 다들 처음엔 믿지 않겠지만, 반복되고 큰일이 계속 벌어지면, 모든 사람이 믿을 수밖에 없겠죠."

"그걸 김철수가 싫어한다고요?"

"네. 그는 자신의 계획이 틀어지는 걸 용납하지 않는 사람이에요. 그러니 무슨 수를 써서라도 막으려 들겠죠."

"……."

"그때 우리는 미끼를 던지면 돼요. 나를 말이죠."

"당신이 미끼?"

"네."

사라는 커피 잔을 내려놓았다.

"시스템 교란요. 챔피언이 되고 받은 내 보상. 김철수는 그걸 탐내거든요."

"설마, 능력까지 걸고 대전을?"

사라가 받은 능력. 불가능을 가능으로 만드는 그 힘은 민재마저 탐이 났다.

김철수 역시 마찬가지일 것이다. 그만큼 사라의 능력은 매력적이니 말이다.

하나 이미 지존급이나 다름없는 김철수가 아닌가.

그는 사라의 능력이 없어도 충분히 강하다. 그러니 굳이 사라의 능력까지 탐낼 필요가 없지 않은가?

"그가 모험하려 들겠습니까?"

"네, 미끼를 물 거예요."

사라의 눈이 반짝거렸다. 그 속에 기이한 열기가 엿보였다.

"그는, 신을 죽이고 싶어 하거든요."

CHAPTER 32
등록

민재는 내키지 않았다.

자신의 안전을 보장할 수 없다는 이유 때문이었다.

위급한 상황이 발생할 시 영토로 도망칠 수 있다지만, 혹여라도 김철수에게 그것을 막을 수 있는 수단이 있다면? 민재는 죽고 말 것이다.

물론 그를 위해 부활 스킬을 장착하고 다닐 예정이었다. 죽더라도 되살아날 수 있다.

하지만 다시 살아나는 장소가 문제였다.

전장에서 죽게 되면 신전에서 부활한다.

한데 지구는? 지구엔 신전이 없다. 어디서 부활하게 될지 알 수가 없었다.

만약 죽은 자리에서 부활하게 된다면?

다시 김철수에게 죽고 말 것이다.

부활 스킬의 재사용 대기시간은 10분. 만약 그 시간이 지나기 전에 또 죽게 된다면?

'아마도 진짜 죽고 말 테지.'

민재는 고개를 저었다.

물론 이는 김철수에게도 똑같이 적용된다.

만약 김철수를 죽이고, 그가 되살아나게 되면 다시 죽인다. 그러면 김철수는 영원히 부활하지 못할 것이다.

하나 김철수를 죽일 수 없다는 게 문제였다.

그는 엄청나게 강할 터. 민재가 온갖 힘을 써도 불가능할 것이다.

될 수 있는 한, 김철수와 마주치지 않는 것이 좋다.

그런데 만약 마주치게 된다면?

이 역시 곤란하다.

전장 시스템으로 상대의 전투력을 측정하는 것은 아주 손쉬운 방법이다.

상태창 하나만 열면 끝나는 것이니까. 그것만으로 끝난다면 김철수와 대면하는 일을 덜 두려워해도 된다.

그에게 당하기 전에 도망치면 된다.

그래도 문제는 있었다.

상태창을 열게 되면, 이름까지 보이기 때문이다.

이름이 들통 나면?

간단하다. 민재의 가족이 납치당할 수도 있다. 궁지에 몰렸다고 느낀 김철수가 미친 짓을 할 수도 있는 것이다.

프리 미니언을 풀어 전국에 있는 이민재와 그 가족을 인질로 삼으면?

그렇게 되면 방법이 없다.

이름은 가면을 써도, 스킨을 바꿔 입어도 숨길 수 없다.

이 문제는 민재의 약점이었다. 너무나도 큰 약점.

정말로 김철수가 그런 방법을 사용할지는 의문이나, 약간의 불안 요소도 막고 싶었다.

한데 사라가 이 문제를 해결해 주었다.

"후후. 내 능력이 시스템 교란이라고 했죠? 이름을 바꿔 줄게요."

황당하게도, 사라의 능력은 힘을 발휘했다.

'레드 바론이라니.'

민재는 자신의 상태창을 보며 한숨을 내쉬었다. 하필이면 레드 바론이 뭔가?

그래도 최소한의 방비는 되었다. 계획을 실행하는 동안 가족이 위해를 당할 확률은 줄어든 것이다.

이제 할 일은 세상에 슈퍼맨이 존재한다는 사실을 세상에 알리는 일.

민재는 이 점에 대해 사라와 논의를 했다. 사라는 꽤나 과격한 의견을 냈으나 민재가 거절했다.

비교적 온건한 방법을 택한 것이다.

그랬기에, 민재는 스킨을 착용하고 있었다.

화룡 살해자 스킨을.

온통 붉은 갑주, 투구를 쓰면 칼날조차 들어갈 곳이 없다.

거기에 마상용 장창까지 가지고 있으니, 여지없이 미친 놈이다.

"……."

그래도 할 수 없었다.

얼굴을 가려야 하니, 이런 괴이한 스킨을 착용할 수밖에 없는 것이다.

물론 다른 스킨을 사용할 수도 있고, 가면으로 얼굴을 가리는 방법도 있지만, 그 역시 내키지 않았다.

그래도 구관이 명관이라고, 몸에 익숙한 스킨이 낫다 싶어 착용했다.

그랬지만.

"후우."

민재는 원룸 화장실 거울을 보며 한숨을 내쉬었다.

솔직히 쪽팔렸다.

이런 모습을 한 채 사람과 만나야 한다니.

전장에서야 다들 이상한 모습이니 상관없었지만, 지금부터 만날 사람은 지구인이 아닌가.

'설마 미친놈이라고 보기야 하겠어.'

온통 붉은색. 외관은 위압적이다.

상식을 벗어난 모습에 공포를 느꼈으면 느꼈지, 웃음부터 터트리는 사람은 없을 것이라 여겼다.

'창은 집어넣자.'

민재는 천장에 닿고도 남을 창을 시스템 속으로 쑤셔 넣었다.

그리곤 미니맵을 펼쳤다.

촤라락!

반투명의 홀로그램 메뉴창이 펼쳐지며, 한쪽 구석에 미니맵이 드러났다.

민재는 그것을 확대시켰다. 그리곤 조종해 나갔다.

삐약!

건물 창가에 앉아 있는 프리 미니언이 보였다.

장소는 서울의 한 빌딩.

거대한 고층 빌딩이 늘어선 곳 뒤편에 그리 크지 않은 건물이 있었다. 프리 미니언은 그 건물의 창문에 앉아 있는 것이다.

그 녀석이 제공해 주는 시야를 바탕으로 민재는 건물 안을 볼 수 있었다.

크다고는 할 수 없는 오피스텔.

정돈되지 않은 거실엔 한 남자가 의자에 앉아 무언가에 열중하고 있었다.

더운 여름이라 반팔 셔츠만 입고 있는 남자는 연신 마우스질을 하며 뭐라 소리치고 있었다.

아마도 개가 섞인 욕설이 반 이상일 것이다.

그 모습을 보고 있자니.

'후우.'

한숨부터 나왔다.

'내가 이걸 꼭 해야 하나?'

한편으로 자괴감이 들기도 했지만, 이미 호랑이 등에 올라탄 상황이 아닌가.

"그럼 가장 좋은 타겟은 고수군요."

사라가 한 말이었다.

슈퍼맨이 세상에 존재함을 알리기 위한 계획.

그 대상을 누구로 할지, 민재와 사라는 논의했다.

여러 의견이 오갔다. 사실 누구라도 상관은 없었지만 민재가 택한 대상은 다름 아닌 록 고수였다.

록. 리그 오브 카오스.

전장에서 나오는 능력을 선보이는 만큼, 일반인보다는 이 게임의 고수가 계획에 적합한 인물일 수밖에 없다.

일반인은 이해하지 못할 세계관도 게임 고수는 쉽게 이해할 수 있기 때문이었다. 왜냐면 그들의 일상이 전장과도 같은 세계이기 때문이었다.

그래서 민재는 적절한 대상을 물색했다.

인터넷을 뒤져, 대중에게 잘 알려진 게임 고수를 택한 것이다.

한데 그들부터 시작하자니, 낯설었다.

큰일을, 그들 인생에서 엄청난 사건이 될 수도 있는 일을 초면인 사람에게 강요하려면 마음의 준비가 필요했다.

그래서 중간 단계로 이곳을 택했다.

'어쩔 수 없겠지. 미안하다.'

따악!

민재는 손가락을 쳤다.

그러자, 톡톡.

프리 미니언이 부리로 쪼아 창문을 열었다.

이제 해야 할 일은 단 한 가지.

파앙!

민재의 몸이 순식간에 원룸에서 사라졌다.

2초가 채 지나기도 전에, 민재는 다시 나타났다.

장소는 오피스텔 안.

프리 미니언이 제공해 주는 시야를 바탕으로 시공을 격해 오피스텔 안으로 이동한 것이다.

"야! 궁 써! 내가 달려들면 바로 써!"

남자가 소리쳤다.

그는 민재의 존재를 감지하지도 못했다. 놀라운 집중력으로 게임에 빠져 있는 것이다.

민재는 그 집중력을 끊었다.

쾅!

바닥을 밟아 큰 소음을 낸 것이다.

"뭐야!"

남자가 깜짝 놀라며 뒤를 돌아보았다.

그리곤 경악한 표정으로 소리쳤다.

"억!"

피식.

민재는 저도 모르게 웃었다.

남자의 놀란 모습에서 게임 대회에 참여했던 일이 생각났기 때문이었다.

'장혁, 오랜만이구나.'

3개월 전까지만 해도 민재는 장혁, 명규와 함께 게임 대회에 출전했다.

시간으로 치자면 그리 오래된 일은 아니었다. 그러나 이미 현실보다 전장에 더 익숙해진 민재에겐 먼 과거처럼 느껴졌다.

"누, 누구?"

장혁은 천천히 뒤로 물러서며 말했다.

얼핏 봐도 도둑이라도 본 것처럼 걸음이 평소 같지 않았다. 덜덜 떨리는 손이 여기저기를 짚는 것으로 보아 몽둥이라도 찾고 있는 듯했다.

'놀라기는 짜식.'

왠지 상황이 재미있게 느껴졌다.

'좀 놀려 줄까?'

민재는 시스템 창을 열어 포인트를 조절했다. 그리곤 모든 포인트를 재조절했다.

'이동 속도에 올인!'

그것이 끝나자 땅을 박찼다.

파악!

경쾌한 파열음과 함께 민재의 몸이 갑자기 사라져 버렸다.

아이템까지 합하면, 민재의 이동 속도는 초속 35미터.

바람과도 같은 빠르기에 비하면, 이곳 오피스텔은 너무 좁은 공간이었다.

그랬기에 민재가 장혁의 코앞으로 이동하는 데는 숨 한 번 내쉴 시간도 필요치 않았다.

"으악!"
장혁이 비명을 질렀다.
민재가 눈앞에서 갑자기 나타나니 비명을 지를 수밖에.
척!
민재는 손을 뻗어 뒤로 넘어지려는 장혁의 어깨를 잡았다.
"사, 살려 주세요……."
장혁이 덜덜 떨었다.
이런 반응을 원했다. 뭔가 평소에 볼 수 없었던 모습을 보길 바란 것이다.
그러나 장혁의 반응은 기대 이상이었다.
'어? 오줌?'
반팔 티셔츠에 팬티 차림.
한데 그 팬티가 점점 젖어 들고 있었다.
장혁의 성격으로 보아, 이 정도로 과격한 반응을 보일 줄은 예상치 못했다.
'스킨 때문인가?'
금방이라도 전장에서 튀어나온 듯한, 피 칠갑한 갑옷을 보고 놀라지 않으면 그게 이상하지 않은가.
미안해졌지만, 이미 저질러 버린 일.
기선제압을 했다는 면에선 차라리 잘됐다고 생각하기도 했다.

"그대는 선택되었다."

묵직한 음성이 민재의 입에서 흘러나왔다.

"흐극! 무슨?"

"나 화룡의 지배자의……."

민재는 말을 끊었다.

말을 하면서도 유치하다는 감정을 숨길 수가 없었기 때문이었다.

그때 장혁의 표정이 변했다.

뭔가 낌새가 이상하다는 것을 눈치챈 것일까? 아니면 민재의 연기가 너무 수준 이하여서일까?

이대로는 기선 제압의 효과가 떨어지고 말 터.

'이동!'

파앙!

민재는 단번에 영토로 이동했다.

물론 혼자 이동한 것은 아니었다.

장혁의 어깨를 짚은 채, 그와 함께 공간을 초월해 버린 것이다.

"악!"

뭔가 이상함을 느낀 장혁이 입을 열었다.

민재는 즉시 손을 움직여 장혁의 시야를 가렸다.

그리곤 다시.

파앙!

이번엔 지구였다.

다만, 장소가 달라져 있었다.

두 발로 내디딜 수 있는 땅이 아닌, 창공의 한가운데.

삐약! 푸드득!

날개가 있는 프리 미니언은 제 위치를 고수할 수 있으나, 날 수 없는 인간에겐 불가능한 장소.

"으아악!"

장혁이 소리쳤다.

구름이 옆에 있을 정도로 높은 곳이었다. 아래를 내려다보니 까마득했다.

비명을 지르지 않고는 배길 수가 없으리라.

중력이라는 법칙을 무시할 수 없는 장혁은 아래로 떨어지고 말 터.

탁!

민재는 장혁의 멱살을 잡았다. 동시에 비행 스킬을 사용했다.

"으아아아!"

장혁이 사지를 휘저었다.

잠깐 그랬지만, 그는 곧 입을 닫았다. 민재가 자신을 붙잡고 있음을 안 것이다.

"꿈?"

"꿈이 아니다."

"흐익!"

장혁이 벌벌 떨었다.

'더는 못 하겠군.'

이 정도면 뭔가 깨달았을 것이다. 눈앞에 보이는 이 붉은 기사가 뭔가 특수한 힘을 가지고 있다는 것을.

"힘을 원하는가?"

"무, 무슨 히, 힘이요?"

"내가 가진 이런 힘!"

"으으으!"

장혁은 밑을 내려다보았다. 그리곤 눈을 질끈 감았다.

"살려 주세요!"

"너는 죽지 않았다. 거절하면 죽게 될 것이지만."

"그, 그런……."

장혁의 안색이 새파래졌다.

"너는 선택되었다. 장혁이여. 나 화룡의 지배자의……하인으로."

"하, 하인…… 요?"

"그렇다."

민재는 손을 당겨 장혁을 가까이 끌었다.

그리곤 눈을 마주친 채 말했다.

"내 하인이 되어라. 그러면 죽지 않는다. 더불어 나의 힘까지도 얻을 수 있을 것이다."

"하, 할게요. 살려 주세요."
대답이 바로 나왔다.
머릿속이 공포로 가득해 제대로 된 사고를 못 하는 것 같았다. 그래서 지금이 꿈인지 현실인지조차 생경한 것이리라.
'그래도 안정되고 나면, 좋아하겠지?'
장혁은 그런 놈이다.
진심으로 게임 속 캐릭터처럼 스킬을 사용하고 싶어 하는 녀석이니 말이다.
정신이 안정되고 나면, 이유야 어찌 되었든 능력자가 되었다는 그 사실만으로 기뻐할 놈이었다.
'프리 미니언 등록.'
[장혁 님을 프리 미니언으로 등록하시겠습니까?]
'수락.'
[장혁 님이 프리 미니언으로 등록되었습니다.]
파아앗!
귀로는 들리진 않지만, 기이한 소리가 느껴졌다.
지구인을, 그것도 함께 수업 듣던 동생을 프리 미니언으로 삼게 되다니.
민재는 기이한 기분을 느끼며 말했다.
"너는 이제 내 하인이다."
"네넷!"

"명령이 있을 때까지 근신하도록."

그 말을 끝으로.

파앙!

민재는 시공간을 이동했다.

장혁을 오피스텔에 던져 버리곤 영토로 되돌아왔다. 그리곤 본채의 거실에 앉아 프롬의 시중을 받았다.

민재는 차를 홀짝이며 메뉴창을 살폈다.

'이제 정신이 좀 든 모양이군.'

장혁은 한참이나 정신 나간 표정으로 오피스텔 안을 살폈다. 혹시라도 민재가 방 안에 있나 싶어서일 것이다.

시간이 지나자, 장혁은 자신의 몸을 관찰했다.

변화된 몸.

프리 미니언이 되며 각종 능력치가 상승했다. 힘과 체력, 민첩성 등 모든 부분의 기능이 높아졌다. 작지만 큰 차이. 아마 자기 몸이 새롭게 느껴질 것이다.

장혁은 마우스를 잡았다.

콰직.

마우스는 손쉽게 으깨졌다.

그것에 놀라더니 곧 울상을 지었다. 게이밍 마우스라 가격이 제법 나가는 것 같았다.

'뭐하냐, 대체?'

하고 있는 꼴을 보니 한심스러웠다.

시간이 더 지나자, 장혁은 집 밖으로 나섰다.

집 안에 있는 물건을 계속 부수느니, 산속이라도 갈 속셈이리라.

짐작대로 녀석은 인적이 드문 공사장으로 가더니, 본격적으로 자신의 육체 능력을 시험하기 시작했다.

짱돌질 몇 번에 콘크리트 벽이 푹푹 패였다.

그걸 살피더니, 장혁은 갑자기 고함을 지르며 기뻐하기 시작했다.

'스킬이라도 좀 줄까?'

장혁에겐 아직 스킬을 주지 않았다.

프리 미니언이 되며 기본적으로 상승하는 능력치만 얻었을 뿐, 장혁은 아직 진정한 프리 미니언이라고 하기엔 부족했다.

민재의 첫 프리 미니언이 된 곰일만 보더라도 세 가지 스킬을 사용할 수 있었다. 민재의 시설인 용병길드까지 동원하면 추가적인 능력치는 물론이고, 궁극기까지 만들어 줄 수 있었다. 프리 미니언을 레벨업시킬 수 있는 것이다.

하나, 이는 마테리아의 소모가 심했다. 장혁에게 공들일 정도로 민재는 마테리아가 넉넉하지 않았다.

'그래도 저 정도면 적응을 잘한 편인가?'

역시 게임에 익숙한 만큼 적응도 빠른 것이리라.

'다음은 명규를 만나 봐야겠군.'

민재는 다시 공간을 이동했다.

명규 역시 크게 다르지 않았다.

처음에 민재를 보곤 경악. 그다음엔 불신과 공포가 섞인 눈빛까지.

그래도 명규는 살려 달라며 애원하지는 않았다. 오줌도 싸지 않았고.

장혁에 비하면 침착한 녀석이었다.

그래도 미지의 존재인 민재를 두려워한다는 점에선 같았다.

넌지시 죽음과 부하, 양자택일하라고 했더니 부하가 되는 쪽을 택했다.

그 뒤는 장혁과 마찬가지로 변화된 몸을 보고 기뻐했다.

역시나, 게임에 미친 녀석들의 반응은 한결같아 마음이 편했다.

한데 유나는 달랐다.

"……싫어요."

단아하고 올곧은 눈동자는 죽음을 택했다.

멱살이 잡힌 채, 발아래는 천 길 낭떠러지나 다름이 없는데 거부하다니.

'으음…….'

민재는 당혹스러웠다.

그녀를 처음 만났던 게임 대회가 생각났다.

그때도 그녀의 눈빛은 지금과 비슷했다.

전기충격기에 당해 죽다 살아났는데도 차분한 것은 물론이었고, 판단 역시 합리적이었다.

'이 정도 되니 팀의 리더가 되었겠지만…….'

게임 대회 후 장혁과 명규가 3군이 된 것에 비해, 유나는 2군 소속팀의 리더가 되었다. 판단력이 뛰어나 팀이 승승장구했다. 조만간 1군이 될지도 모른다는 소문도 있었다.

타고난 종자가 다른 것일까?

대체 어떤 교육을 받고 자라면 죽을 수 있는 상황에서도 자신의 신념을 포기하지 않는 것일까?

'어쩔 수 없지.'

강제로라도 프리 미니언으로 등록해야 했다.

처음 사라와 계획을 짤 때부터 염두에 두었다.

거절하는 사람도 그냥 프리 미니언으로 등록하기로 정한 것이다.

콱!
민재는 손을 끌어당겨 유나와 이마를 맞댔다.
"거부는 용서치 않는다."
으르렁거리듯 말하곤, 바로 등록 절차를 시행했다.
'등록.'
[유나 님이 프리 미니언으로 등록되었습니다.]
팡!
바로 그녀를 풀어 준 민재는 영토로 귀환했다.

그 뒤로 17명을 더 등록했다.
모두가 록 프로 게이머였다. 그것도 랭킹이 높고 유명한 이들만.
핏빛 갑옷과 고공 협박은 쉽게 먹혀들었다. 모두가 부하가 되길 선택한 것이다.
민재는 그들이 자유롭게 행동하도록 내버려 두었다.
힘을 개인적인 용도로 사용할 우려는 있었다. 그래도 그냥 두었다. 이 계획은 과학으로 측정할 수 없는 힘이 세상에 존재한다는 것을 알리기 위함이었으니까.
다행히 범죄를 저지르는 자는 없었다.
모두가 변화된 육체에 경악, 혹은 기쁨을 느끼곤 몸을

신나게 움직여 댈 뿐.

미니맵 시야를 통해 그들을 관찰하던 민재는 자루를 손에 들었다.

처억.

이 안에는 고블린이 만들어 준 호문클루스가 있었다.

크기도 작고 전투 용도도 아니었다. 거미처럼 몇 개의 긴 다리가 있긴 했으나 정확히는 얼굴을 가리기 위한 마스크에 가까웠다.

민재는 시계를 쳐다보았다.

'때가 되었군.'

프리 미니언들에게 적응 시간을 충분히 주었다.

이제는 계획대로 움직일 차례였다.

민재는 화룡 살해자 스킨을 착용했다.

'이동.'

파아앗!

단번에 지구로 이동.

장소는 미국의 그랜드 캐니언이었다.

이곳에 와 본 적은 없었으나, 미리 프리 미니언을 보내 정찰을 해 두었다.

저벅저벅.

민재는 흙을 밟으며 걸었다.

거대한 절벽이 이어진 땅. 세월의 흐름이 고스란히 느껴지는 거친 땅은 웅장했다. 풍경을 감상하며 잠시 거닐던 민재는 손을 휘저었다.

휘익!

미니맵 시야가 분산되었다.

모두 20개.

그 속에는 새로이 등록한 프로 게이머들이 보였다. 각자 일상을 누리고 있는 듯 행동이 제각각이었다.

그야말로 자유로운 모습.

하나 이들은 이제 자유로운 인간이 아니었다.

민재라는 한 개인의 하인이 되었다. 곰일과 퍼스파들이 그러하듯, 이들은 민재의 명령을 따라야 하는 신세가 되고 만 것이다.

물론 민재는 이들을 평생 프리 미니언으로 데리고 있을 생각은 없었다.

그저 김철수와 분쟁을 끝낸 후까지만 한시적일 뿐이다.

'소환.'

민재는 시스템창을 만졌다.

지구 곳곳에 흩어져 있는 프리 미니언들을 이 땅으로 소환하는 것이다.

파파팡!

파열음이 곳곳에 울리며 조용하기만 했던 그랜드 캐니언을 소란스럽게 만들었다.

그러자 나타난 자들은 20명의 인간들.
민재의 프리 미니언들이었다.
"아닛?"
그들은 갑자기 바뀌어 버린 풍경에 경악했다.
그리곤 민재를 보더니 눈을 부릅떴다.
붉은 갑옷을 입은 기사.
그들을 부하로 삼은, 인간을 초월한 어떤 힘을 가진 자가 눈앞에 있자 갑작스러운 공간 이동이 납득 가는 모양이었다.
그리곤 옆에 있는 다른 사람들을 보며 다시 놀랐다.
다들 세계적으로 유명한 록 프로 게이머. 얼굴 정도는 알고 있을 것이다.
"이럴 수가."
"모두가 프로 게이머인가?"
"나 혼자만이 아니었군."
"장혁이?"
"명규……? 그리고 유나까지?"
동생들과 유나는 서로의 얼굴을 확인하고 놀라움을 감추지 못했다.
"당신이 우리를 불렀습니까, 마스터?"
흑인 한 명이 조심스럽게 말했다. 그는 EU에서 유명한 탑 라이너였다.

민재가 대답하지 않자, 그들은 웅성거리기 시작했다.

동양인과 백인 등 피부색은 물론이고 언어마저 달랐다. 일부러 전 세계의 유저들을 골고루 선별한 것이다.

그들은 민재의 눈치를 보며 서로 말을 주고받았다.

갑자기 이곳으로 소환되었다는 것은 이들 모두가 민재의 부하가 되었다는 뜻.

왠지 모를 반가움과 앞으로 있을 미지의 사건에 희미한 두려움을 느끼고 있을 것이다.

"말이……."

유나가 말했다.

국적도 언어도 다른데, 모든 이들이 한국어를 유창하게 하고 있으니 이상하게 느껴졌으리라.

이는 전장의 통역 시스템 효과였다.

유저만이 사용 가능한 고유 능력이지만, 그들의 프리 미니언도 이용할 수 있었다. 전장에서의 원활한 의사소통을 위해선 프리 미니언끼리도 대화가 통해야 하는 것이다.

명규가 조심스럽게 말했다.

"제노글로시아(Xenoglossia)가 아닐까요?"

"그게 뭐죠?"

"배운 적도 없는 언어를 이해하고 말하는 초능력이죠. 아마 그가 우리에게 준 능력이 아닐까요?"

"초능력?"

그제야 그들은 자신이 이종의 언어를 알아듣고 말할 수 있다는 사실을 깨달았다.

민재는 이미 익숙해져 별 감흥도 없는 능력이었으나, 그들은 아니었다.

그들은 혼란에 휩싸였다.

"조용."

민재가 말했다.

소리가 묵직했으나 작아서 듣기 어려울 정도였다. 그런데도 다들 입을 다물었다. 모두가 민재의 일거수일투족을 유심히 보고 있었기 때문이었다.

"너희에게 또 다른 능력을 줄 것이다. 그 능력은 게임 속의 스킬과 흡사하다."

흡!

누군가가 숨을 삼켰다.

그들의 머릿속에 의문이 떴을 것이다.

게임 스킬이라니?

"탱커 스킬을 받을 자를 호명하겠다. 장혁, 크리스토퍼, 유안츄어."

민재는 바로 메뉴창을 펼쳤다.

촤라락!

저들에게는 보이지 않는 반투명한 홀로그램 메뉴창. 하

나 민재에겐 수족처럼 익숙한 화면이었다.

그것을 조절해 용병 길드 메뉴를 만졌다.

호명한 3명에게 스킬 권한을 부여하려는 것이다.

미리 봐 두었던 스킬을 선택한 후.

'확인.'

버튼을 누르자 장혁과 두 외국인이 몸을 부르르 떨었다.

머릿속에 시스템 음성이 들려서일 것이다.

"하드 스킨?"

"이럴 수가……."

3명은 자신의 몸을 살피며 믿을 수 없다는 표정을 지었다.

게임 속 영웅들이나 사용할 수 있는 스킬을 가지게 된 것이다.

그것도 탱커. 체력이 많아지거나 방어력이 높아지거나, 혹은 공격을 무위로 만들어 맷집이 강해지는 효과를 낸다. 탱커는 그 힘을 바탕으로 진형의 앞에 서서 적의 공격을 받아 내는 자였다.

이제 이들은 총을 맞아도 쉽게 죽지 않을 정도로 강한 육체 능력을 가지게 되었다. 스킬 설명만 들어도 알 것이니 어찌 놀라지 않을까.

"이제 서포터 스킬을 받을 자다."

민재는 5명의 이름을 불렀다.

그리고 그들에게 서포터 스킬을 주었다. 체력을 회복시키는 치료 스킬과 공격에 도움을 주는 보조 스킬이 주를 이루었다.

그들 역시 탱커처럼 화들짝 놀랐다.

"이제 딜러다. 유나, 명규……."

나머지 12명을 호명했다.

이들이 받은 스킬은 적에게 강력한 데미지를 줄 수 있는 공격 스킬이었다. 불을 쏘거나 대상을 얼리는 등 마법을 닮은 스킬이 절반, 나머지는 손에 든 무기로 공격을 하면 적에게 추가적인 타격을 줄 수 있는 스킬이었다.

결과적으로 3탱커, 5서포터, 12딜러다.

일반적인 MMORPG 게임에서 흔히 볼 수 있는 비율이었다.

강력한 보스 하나를 잡기 위해 구성되는 레이드팀. 보스의 시선을 끌고 그 공격을 받아 낼 소수의 탱커와 그들을 치료하고 보조할 서포터가 주요 구성원이고, 딜러들은 보스를 공격해 데미지를 준다.

딜러의 수가 많은 이유는 보스를 빨리 잡기 위해서일 뿐, 사실 레이드팀의 주요 구성원은 탱커와 서포터였다.

"어째서 이런 힘을 주었죠?"

유나가 날카로운 눈으로 물었다.

힘에는 대가가 따르는 법.

영화나 게임에서나 볼 수 있었던 능력을 가지게 되었으니, 영화와 같은 일을 겪게 될 것은 필연이 아닌가.

"너희를 시험하기 위해서다."

"시험?"

명규가 물었다.

민재는 움직였다.

'이동 속도에 올인!'

포인트를 조절해 속도를 극대화했다. 그리곤 빠르게 이동하며 사람들에게 달려들었다.

"앗!"

장혁이 급히 뒷걸음질을 치려 했다. 다른 이들에 비하면 반응 속도가 제법 빨랐다.

그래도 그는 민재를 따라올 수 없었다.

스윽.

민재는 자루에서 호문클루스를 꺼냈다.

가면에 다리가 달린 그것을 장혁의 얼굴에 씌웠다.

찰칵!

호문클루스는 단번에 다리를 오므려 장혁의 얼굴을 덮었다.

"앗!"

민재는 계속 움직였다.

파파팟!

순식간이었다. 20명이나 되는 사람들에게 마스크를 씌우는 일은.

"이게 무슨!"

민재는 대답하는 대신 영토로 이동해 버렸다.

파앙!

영토를 거쳐 다시 지구로.

이번엔 일본이었다.

도쿄에서 조금 떨어진 위성도시. 빌딩 숲이 즐비한 정도는 아니었지만 제법 유동 인구가 많은 곳이었다.

예전 딱 한 번 이곳에 와 본 적이 있었다.

추억이 있다.

'라면이 기가 막혔지.'

맛없었다.

무슨 기름기가 그렇게나 많은지. 억지로 먹어 보려 했지만 느끼함을 못 참아 반 이상 남겼었다.

그 기억이 아직도 생생하기에 공간 이동은 손쉬웠다.

물론 이곳을 택한 주된 이유는 다른 것이었다.

지금부터 할 일은 능력자가 있다는 사실을 세상에 선보이는 일.

사람이 너무 많지도, 또 적지도 않은 장소여야 했다.

많다면 인명 피해가 생길 우려가 있고, 너무 적으면 소문이 퍼질 수가 없다.

그런 점에서 일본은 첫 시작점으로 최적의 조건을 지니고 있었다.

일단 일본인 대다수가 핸드폰을 가지고 있어 동영상이 퍼지기 쉽다는 조건이 마음에 들었다. 일반적이지 않은 영상은 순식간에 인터넷에서 핫이슈가 될 것이다.

또 다른 이유는 일본이 별난 국가여서였다.

일명 코스프레라는, 만화 캐릭터 같은 괴상한 복장을 하고 다니는 자가 많았다. 그렇기에 동영상을 의심하는 자들이 생길 것이다. 이것이 사실인지 아닌지, 특수효과인지 진짜인지, 혼란을 줄 수 있다.

빠아앙!

자동차가 급정거했다.

갑자기 민재가 도로 한복판에 나타났기 때문이었다.

민재는 조용히 주변을 훑었다.

길 가던 사람들이 이쪽을 보더니 웅성거렸다.

붉은 갑주를 차려입은 민재는 유난히 튀었다. 그래도 혼란이 일 정도는 아니었다. 이보다 더한 복장도 볼 수 있는 곳이 바로 이 나라가 아닌가?

처억!

민재는 팔을 뻗었다.

'소환!'

파파팡!

다시금 유저의 프리 미니언 소환 능력이 발휘되었다.

20명의 인원은 이번에도 강제로 공간 이동을 당했다. 얼굴에 괴이한 금속질의 마스크를 쓴 사람들이 떼 지어 나타난 것이다.

"여기는?"

그들은 혼란스러워했다.

길 가던 일본인들은 소리를 질렀다. 그렇지 않아도 튀는 민재 때문에 도로를 유심히 관찰하고 있었는데, 사람들이 순간 이동해 오니 놀랄 수밖에.

"시험에 대해 말해 주지."

"대체 무엇을 하려는 겁니까?"

능력자들이 물었다.

기이한 능력, 괴이한 마스크를 씌운 이유, 갑작스런 이동.

모든 것이 혼란스럽고 또 두려울 것이다.

민재는 낮은 음성을 토해 내었다.

"공격하겠다."

"뭐요?"

민재는 바로 포인트를 조절했다.

공격력을 제외한 이동 속도와 방어력 등. 모든 수치를 전투에 적합하게 수정했다.

그리고 창을 소환했다.

쉬익!

허공이 일렁이더니, 거대한 마상용 장창이 나타났다.

그것을 손에 쥐고 능력자들에게 겨누었다.

"살아남아라."

씹어뱉듯 말하곤, 단번에 움직였다.

동시에 창을 찔러 나갔다.

"흡!"

선두에 있던 흑인이 숨을 삼켰다.

그는 3인의 탱커 중 한 명.

뛰어난 육체 능력을 부여받았기에 반응 속도 역시 일반인을 크게 상회한다. 그렇기에 민재의 엄청난 돌격 속도에 반응할 수 있는 것이다.

흑인은 급히 양팔을 교차했다.

본능적으로 행한 방어적 행동이리라.

팔이 교차한 그곳에, 민재는 창격을 가했다.

쾅!

창에 찔렸건만, 폭음이 일었다.

흑인이 가진 탱커 스킬 때문이었다. 일정 시간 동안 방어력을 높여 충격량을 줄여 주는 능력이었다.

덕분에 강력한 힘이 담긴 민재의 공격에도 무사할 수 있었다.

'적응이 빠르군.'

동물적인 감각을 원래부터 지니고 있어서일까? 흑인은 좋은 타이밍에 스킬을 사용했다.

하나 경험이 부족했다.

"큭!"

신음을 토해 내며 몸이 뒤로 날아갔다. 아직 공격을 막는 것에 익숙하지 않았다.

"으아아!"

사방에서 비명이 들렸다.

이들은 초능력이라고도 할 수 있는 능력을 얻었다. 또한 이를 활용해 본 경험도 많았다.

하나 그것은 게임을 플레이 할 때뿐, 현실에서 몸을 쓰며 사용해 본 경험은 없었다.

그렇기에 제대로 반격도 하지 못한 채 도망치기만 하려는 것이다.

민재는 이를 예상하고 있었다.

주먹질보단 마우스질에 익숙한 자들.

이들이 힘을 합쳐 대항하게 하려면 도주가 불가능하다는 사실을 깨우쳐 주어야 했다.

"어딜!"

탁!

민재는 재빠르게 움직였다.

원을 그리며 움직였다. 양 떼를 몰아세우듯 도망치려는

자들에게 창격을 날렸다.

펵펵! 쑤악!

순식간에 수차례의 공격이 가해졌다.

어깨와 팔을 맞은 자들은 비명을 지르며 방향을 틀었다. 그들은 점점 한곳으로 뭉쳐 들 수밖에 없었다. 민재가 한곳으로 몰아세웠기 때문이었다.

이대로 있다간 민재에게 죽고 말 것이라는 위기감을 느낀 것일까?

누군가가 반격을 시작했다.

"서리빛!"

낭랑한 목소리와 함께 푸른빛이 번뜩였다.

츠팟!

빛은 일직선으로 쏘아져 왔다.

눈으로 좇기 어려울 정도로 빨랐으나, 무수한 전장을 거친 민재에겐 피하기 쉬운 공격이었다.

몸은 자연스레 회피 행동에 들어갔다.

그러나 민재는 피하지 않았다.

파직!

빛이 흉곽에 닿으며 얼음 깨지는 소리가 났다. 붉은 갑주에 시퍼런 서리가 끼며 얼어붙고 있었다.

민재는 공격한 자를 살폈다.

유나였다.

그녀는 손을 이쪽으로 뻗은 채였다. 놀란 표정이 역력했다. 항상 차분했던 그녀조차 손에서 스킬이 정말로 쏘아질 줄은 몰랐으리라.

"스킬이?"

능력자들은 경악했다.

머리로는 이미 알고 있었다. 민재가 준 스킬을 사용할 수 있음을.

그러나 실제로 스킬을 사용하는 모습을 보는 것은 또 달랐다. 알고 있는 사실과 실제의 경험은 그만큼이나 차이가 컸다.

"흠, 좋은 타이밍이군."

민재는 일부러 신음을 섞어 가며 말했다.

가슴을 짚어 얼음을 털어 내고는 다시 창을 겨누었다.

"다시 말하지. 반격하지 않으면 살아서 돌아갈 수 없을 것이다."

"우릴 죽일 셈이냐!"

흑인이 외쳤다.

민재는 공격으로 화답했다.

콰악! 쾅!

가슴을 얻어맞은 흑인이 다시 날아갔다.

몇몇이 비명을 질렀다. 하나 이번엔 달랐다.

"화염 화살!"

"파쇄!"

능력자들이 스킬을 사용하기 시작했다.

누군가는 눈을 질끈 감고, 또 누군가는 될 대로 되라는 식으로.

단순히 손을 뻗고 스킬 이름만 외쳤을 뿐인데, 그것만으로 가능했다.

현실에선 불가능한 일이 그들의 손아귀에서 벌어지고 있는 것이다.

츠파팟!

쉬이잉!

빛과 불, 쐐기처럼 뾰족한 바람이 날아왔다.

휙!

이번엔 가볍게 피했다.

그래도 공격은 계속되었다. 딜러가 12명이나 되기에 공격에 끊임이 없는 것이다.

휙휙!

민재는 쏘아지는 마법 화살들을 피했다.

몸을 스쳐 지나간 그것들은 건물에 닿아 폭발했다.

콰앙!

폭음과 화염이 도시를 덮었다.

핸드폰을 꺼내 촬영을 하던 사람들은 그제야 비명을 지르며 흩어졌다. 담력이 센 몇 명만이 몸을 숨기고 달아나지 않았다.

'좋아.'

예상했던 반응이었다.

적당히 화려한 쇼.

동영상이 퍼지면 온갖 추측이 난무할 것이다.

여기서 그만두어도 좋았으나, 민재는 조금 더 놀아 주기로 했다.

혹시라도 이들이 필요할지 모르기에.

사실 이들을 프리 미니언으로 삼는다고 해도 민재에게 큰 도움은 되지 않는다. 김철수를 압박할 정도만 원하지, 전장에서까지는 필요 없었다.

이들을 전장으로 데리고 가 봐야 민재의 정체만 들통 나고 만다. 득보단 실이 더 컸다.

게다가 이들은 아직 허약한 프리 미니언. 정찰용 프리 미니언은 이미 충분하다. 괜히 이들을 강하게 만드느라 마테리아를 낭비하느니 지금 소유한 프리 미니언들을 강화하는 편이 낫다.

하지만 혹시라도 현실에서 김철수와 대적하는 일이 벌어진다면?

이들이 조금이나마 도움이 될 수도 있다.

지구에 익숙하지 않은 동료들이나 프리 미니언들과는 달리, 이들은 지구인이 아닌가. 이 능력자들의 도움을 받으면 정보전까지 가능해진다.

그래서 적당한 전투 교육이 필요했다.

그런 생각을 하는 와중에도 공격은 계속되었다.

파파팍!

마법으로 만들어진 쐐기가 민재의 몸을 휙휙 스쳐 지나갔다.

대부분은 피했고, 상당수는 맞아 주었다.

그러면서 간혹 창격을 넣었다.

콰콰!

단순하지만 재빠른 공격은 백발백중이었다.

시간이 지날수록 능력자들은 궁지에 몰렸다.

능력자들은 공격을 멈추지 않은 채 서로 대화를 나누었다.

무작정 퍼붓는 공격으론 민재를 쓰러뜨릴 수 없단 것을 깨달은 것이다.

"힐!"

서포터 하나가 흑인을 치료했다.

다른 서포터는 방어력을 높이는 주문을 사용했다.

슈우욱!

방어력이 높아진 장혁이 이를 악물고 달려들었다.

'훌륭하군.'

제법 매서운 태클이었다.

민재가 피하려는 동선을 예측하고 그곳으로 달려오는 것이다.

하나 아직 덜 여문 공격이었다.

팍!

민재는 발을 차올렸다.

태클을 걸던 장혁은 턱을 얻어맞고 옆으로 굴렀다. 간단하게 공격을 차단한 민재였으나 연이은 공격까지 피하기는 쉽지 않았다.

파파팍!

연이어 마법 화살 세 방이 꽂혔다.

공격력이 강하지 않아 큰 피해는 없었다. 이 정도로 쓰러지기엔 민재는 너무 강했다.

그래도 가랑비에 옷 젖는다고, 공격을 계속 당하면 민재 역시 큰 피해를 입고 말 것이다.

물론 민재는 그럴 생각이 없었다.

"합!"

기합을 터트리며 앞으로 돌격했다. 양 떼를 향해 돌진하는 사자와도 같았다.

"으아아!"

공격하던 자들이 뒷걸음질을 쳤다. 그만큼 붉은 갑옷은 위압적이었다.

"개새끼가!"

중국인 탱커가 앞을 막아섰다.

민재는 창을 방망이처럼 휘둘러 놈을 가볍게 쳐 냈다.

쾅!

놈이 제대로 날아가기도 전에 민재는 2차 공격을 날렸다.

스킬을 사용하려는 딜러에게 접근해 팔꿈치를 꽂아 넣곤 다시 옆 사람을 쳤다.

퍽퍽, 쾅!

능력자들의 진형이 와해된 것은 순식간.

호흡 몇 번에 능력자들 중 반 이상이 넘어지거나 누워 버렸다.

"괴물……."

명규가 질린 눈으로 손을 떨었다.

'너무했나?'

공격이 과하다는 생각도 들었다. 그러나 전장에 비한다면 겨우라는 표현을 써도 될 정도가 아닌가.

이 정도면 되었다는 느낌이 들었다.

민재는 공격을 멈추었다.

"실망이군."

"마스터, 자비를."

흑인이 말했다. 그는 연타를 맞아 체력이 간당간당했다. 고통이 상당하리라.

“화룡의 지배자인 나 레드 바론의 부하가 되기에 너희들은 너무 부족하다.”

“무엇을 원하십니까? 마스터.”

“스킬에 익숙해져라. 다음 시험에 또 부르겠다.”

촤라락!

민재는 메뉴창을 조정했다.

파파팡!

도로 곳곳에 파열음이 튀며 능력자들이 사라져 버렸다. 모두들 원래 있던 곳으로 되돌아가 버린 것이다.

정적이 흘렀다.

민재는 주변을 살폈다.

도로는 곳곳이 패고 건물은 망가졌다.

숨어서 핸드폰으로 동영상을 찍고 있는 몇 명과 눈이 마주쳤다. 그들은 화들짝 놀라더니 미친놈처럼 도망쳐 버렸다.

‘이걸로 된 거겠지.’

씨앗은 뿌렸다.

이것이 잘 자라 김철수를 움직일 수 있을지는 아직 미지수였다. 원하는 반응이 나타나지 않을 수도 있으나, 적어도 부담은 되리라.

이제 할 일은 반응이 오길 기다리며 전투 준비를 하는 것.

그것을 위해 민재는 영토로 가야 할 때였다.

'귀환.'

팡!

민재의 몸이 사라졌다.

CHAPTER 33
회동

영토로 귀환하자 프롬이 대기하고 있었다.

"오셨습니까?"

방긋 미소가 그려졌다.

은발에 조그마한 아이. 인형처럼 귀엽게 생긴 주제에 집사 옷은 야무지게 입고 있었다. 긴장이 절로 풀어졌다.

"애들은 뭐해?"

"팍살라는 자고 있습니다. 곰일과 곰이, 퍼스파들은 체게게 님을 상대하고 있습니다."

"훈련?"

"네. 모데크는 카락크 님과 술을 마시는 중이구요."

"또 술이야?"

요즘 술이 잦은 고블린이었다.

마시는 것까진 이해하는데, 왜 남의 영토에 와서 술주정을 부리는 것인지.

"그리고 미냐세 님과 샤나 님은 목욕탕에 있습니다. 나르세 님과 릴리엘 님, 이다르 님도요."

"음……."

미냐세의 세상에선 따뜻한 물조차 자랑거리다. 땔감이야 널린 세계지만 물 자체가 귀했다. 엄마에게 목욕탕을 구경시켜 주고 싶다는 말에 민재는 소환을 허락했다.

모녀만이 아니라 체게게 등 다른 동료도 목욕탕을 좋아했다. 보일러만 틀면 뜨거운 물이 나오는 지구와는 다른 것이다.

그것까진 이해해도 릴리엘이 아직도 버티고 있을 줄이야.

"비누엘은?"

"돌아갔습니다."

딸을 그렇게 감싸고돌던 비누엘도 이제는 포기한 듯했다. 전장 동료라지만 엄연히 타인인 민재의 영토에 딸을 둔 채 자기 세계로 가 버리다니.

"우르자 님도 일이 있어 돌아가셨습니다. 이다르 님은 목욕만 마치면 귀환할 예정입니다."

"요즘 이다르가 미냐세와 샤나랑 친하게 지내지?"

“네, 비슷한 또래라 그런 게 아닐까요?”

“잘됐군.”

샤나는 정령 외엔 친구도 없고 자기 세상에서 할 일도 없으니 민재의 영토에 붙박이처럼 머물렀다. 그래서 보기 안쓰러웠다.

“함께 목욕하실 건가요?”

“내가?”

민재는 프롬을 빤히 쳐다보았다.

대체 무슨 말을 하는 것인가, 이 녀석은.

순진무구한 눈동자를 보니 다른 뜻은 없는 것 같았다.

“아니. 수련할 거야.”

“수련을요?”

“그래.”

민재는 수련장으로 걸어갔다.

지구의 능력자들과 전투를 했던 민재였다.

기본적인 능력치 자체가 다르기에 전투는 손쉬웠다. 그렇기에 결과는 예정된 것이나 다름없었다.

그런데 민재는 거기서 뭔가를 느꼈다.

‘아날로그라…….’

민재는 전장에서의 싸움에 익숙하다. 매번 싸운 곳이 그곳이기 때문이었다. 살아남기 위해, 밥을 먹을 때도, 수업을 듣는 와중에도, 심지어 꿈속에서까지 싸웠다. 디지털적으로.

스킬을 사용하고, 재사용 대기 시간을 기다리며 평타.

전투는 항상 그런 식이었다.

한데 지구에서의 싸움은 그와 달랐다.

스킬에 재사용 대기 시간이 있다는 점은 같았지만, 근본적인 면에서 차이가 있었다.

바로 기본 공격의 딜레이.

전장은 디지털적이라 기본 공격마저 법칙이 있다. 공격속도라는 룰에 따라 공격한 후 일정 시간이 지난 후에야 재공격이 먹힌다. 그전에 하는 공격은 아무런 피해도 주지 못한다.

지구는 그와 달랐다.

기본 공격에 딜레이가 없어 얼마든지 연타가 가능했다. 손만 빠르다면 몇 배나 많은 횟수의 공격을 할 수 있는 것이다.

뿐만 아니라 공격을 약하게 할 수도 있다.

전장에선 정타와 스치는 것에 차이가 없다. 공격력만큼 일정한 데미지가 들어간다. 지구는 손속에 사정을 두면 데미지가 적게 들어간다.

이것은 큰 차이였다.

'시즌 1이 아날로그에 가깝다고 했었지.'

사라의 영토만 보아도 알 수 있었다.

그녀와 민재는 시스템이 다르다.

따라서 전투 방법 역시 다를 것이다.

만약 현실 세계에서 시즌 1의 챔피언과 맞붙는다면 디지털적인 방식이 아닌 아날로그적인 방식으로 전투가 이루어질 것이다. 그렇게 되면 전투에 익숙하지 않은 민재가 패배할 확률이 늘어난다.

전장만 다니고 말 것이라면 아날로그 전투를 수련할 필요가 없지만, 김철수라는 존재 때문에 수련할 필요성을 느꼈다.

민재는 수련장에 도착했다.

"왔는가?"

체게게가 땀을 훔치며 말했다.

"체게게 날 좀 도와줘."

"어떤 것을 도우면 되지?"

"네 세계에서 싸우는 식으로 상대해 주지 않을래?"

"나의 세계?"

"그래."

민재는 수련 방식을 설명했다. 체게게는 단번에 이해했다.

"만일을 대비한 훈련이군. 좋다. 롬바르드 검술을 가르쳐 주면 되겠나?"

"네 검술을? 그건 비전 비슷한 거 아냐?"

"상관없다. 그대는 내 세계의 인간도 아니지 않은가? 검과 방패를 들어라."

"흠, 좋아."

검술을 가르쳐 준다는데 거절할 필요는 없었다.

민재는 투구를 벗었다. 창도 메뉴창 속으로 넣었다. 대신 초보자용 검과 방패 하나를 꺼내 들었다.

"롬바르드 검술의 기본은 방어다. 나 자신이 굳건한 후에야 공격이 빛을 발하는 법. 방패의 동선을 흐리지 않는 선부터 시작하지."

체게게가 몸을 움직이기 시작했다.

평소와는 달리 움직임이 느렸다. 덕분에 민재가 기본 동작을 쉽게 기억할 수 있었다.

잠깐 기본기를 익히곤 맞상대를 했다.

둘 다 체게게의 검술을 사용해 맞붙었다.

익숙하지 않은 방법이라 무리가 따랐다. 전장에서처럼 싸운다면 체게게를 무리 없이 상대할 수 있었지만 검술을 이용해 상대하려니 손발이 꼬였다.

"아직 무리로군."

"그냥 싸울까?"

"아니, 계속해 보지."

한참을 투닥거리고 있으니 동료들이 본채에서 나왔다.

여성체만 다섯. 다들 수건을 머리 위에 얹은 채였다.

"왔어?"

미냐세가 말했다.

"조금 전에."

"민재는 목욕 안 해?"

격하게 움직여서인지 주변에 먼지가 날리고 있었다. 그러나 몸은 깨끗했다. 영토의 시스템은 옷이 더러워지는 것을 용납하지 않았다.

"난 집에서 해도 돼."

"고마워요, 이민재. 덕분에 좋은 경험을 했어요."

나르세가 다가왔다.

표정이 만족스러웠다. 낡고 해진 옷 사이로 물기 젖은 보라색 피부가 보였다.

민재는 고개를 돌렸다.

"옷이 필요하면 목욕탕에 있는 것을 써도 됩니다."

여성 동료의 비율이 압도적으로 많았다.

그래서 민재는 그녀들을 위해 목욕탕에 지구의 옷을 비치해 두었다.

샤나는 이제 익숙해져 지금도 지구의 옷을 입고 있었다. 미냐세와 릴리엘 역시.

그러나 다른 이들은 아니었다. 모두 자신의 세계에서 입던 전통 옷을 그대로 입고 있었다.

릴리엘의 엘프식 복장 정도면 준수하다. 하나 나르세는

아니다. 우르자의 딸인 이다르는 그보다 더 심했다.

"옷까지 신세질 순 없어요."

나르세가 말했다.

"귀한 옷은 아닙니다. 마음껏 입어도 돼요."

"엄마가 아직 낯설대."

미냐세가 말했다.

민재는 그녀에게 지구의 옷을 여러 벌 선물해 주었다. 미냐세가 그 옷을 엄마에게 주지 않았을 리가 없으니, 취향을 존중하는 게 옳지 않을까?

"전 이 옷 좋아요."

릴리엘이 밝게 웃었다. 청바지가 잘 어울렸다.

"몇 벌 더 가져가도 돼요?"

"물론이죠. 이다르는?"

"전……."

이다르는 손가락을 꼼지락거리다 고개를 저었다.

"전투에 적합하지 않은 옷입니다."

"계속할 것인가?"

체게게가 물었다.

"수련은 이만 끝내지."

"같이 아이스크림 먹을래? 샤나가 먹고 싶대."

미냐세가 말했다.

샤나의 눈이 초롱초롱했다. 목욕을 마치면 바로 귀환한

다던 이다르도 묵묵히 서 있었다.

"응접실에 가서 기다려."

민재는 지구에 다녀왔다.

옹기종기 모인 소녀들에게 아이스크림을 박스 째 건네주곤 밖으로 나왔다.

사라와 약속이 있었다.

'이번 주는 바쁘군.'

김철수와의 대전을 위해 할 일이 많았다.

파앙!

민재는 사라의 저택으로 이동했다.

잠시 기다리자 사라가 나타났다.

"왔나요? 일은 잘된 것 같더군요."

사라가 머리를 긁으며 커피를 마셨다. 무엇을 하고 있었는지는 모르겠지만, 꽤나 피곤해 보였다.

"동영상이 벌써 올라왔어요. 조회 수는 아직 별로지만 곧 알려지겠죠."

"김철수는요?"

"아직 반응이 없어요. 인원은 어떻게 되어 가죠?"

"그건 아직입니다."

"충원할 인원이 있나요?"

"음."

민재는 지난 전장들을 돌이켜 보았다.

동료로 받아들일 인원이 더 있는가?

사실 마음만 먹으면 인원은 얼마든지 늘일 수 있었다. 전장을 거치며 친구 목록에 추가한 자들이 상당수 있다.

그러나 이들을 고용하는 데 마테리아가 소모된다.

"사라, 마테리아를 빌려줄 수 있습니까?"

"안 돼요. 불가능해요."

시스템이 달라서일 것이다.

"시스템 교란을 사용해 보는 건?"

"하하하."

사라가 갑자기 웃었다.

"그게 가능했다면, 아마도 삥 뜯겼겠죠. 김철수에게."

농담일까? 김철수가 그런 치사한 짓까지 할까 싶었다.

"그런데 사라는 왜 김철수를 싫어하죠?"

"여러 가지 일이 있었어요. 그게……."

사라는 머그잔으로 입을 가렸다.

"사귀었어요."

"김철수와?"

"네. 전장에 처음 소환되었을 땐, 김철수도 나도 서로 의지할 사람이 필요했으니까요."

사라는 쓰게 웃었다.

"지금은, 예상하다시피 원수나 다름없어요. 이해하죠?"

"글쎄요."

"내가 지금까지 살아 있는 것도 그 이유 때문이에요. 그런 일조차 없었다면, 벌써 살해당했겠죠."

"음……."

민재는 둘 사이에 무슨 일이 있었는지 캐묻기가 어려워졌다.

"일 이야기를 하죠. 새로 유입할 동료는요?"

"몇 사람이 있긴 합니다."

"마테리아가 부족하다고요?"

"네. 마테리아가 있으면 더 많이 모을 수 있겠지만, 없어도 가능한 자가 있긴 해요."

"그럼 어서 연락을 넣으세요. 시간이 많지 않아요."

"그러죠."

민재는 메뉴창을 열었다.

그리곤 친구 목록을 살피다 한 사람에게 메시지를 보냈다.

'아직 살아 있을까?'

일반 게임은 유저를 죽이기 위한 전장이다.

그런 험난한 곳을 거치고도 목숨을 부지할 정도라면 운이 상당히 좋은 편이리라. 왜냐면 민재는 이자에게 큰 손해를 끼쳤기 때문이었다.

긴가민가하며 기다리니, 답장이 왔다.

'살아 있네?'

반가운 기분이 앞섰다.

민재는 바로 화상 채팅창을 띄웠다.

녀석은 곧 화답했다.

네모난 창이 커지더니 곧 푸른 물속을 비추었다. 해초가 넘실거리는 배경. 거기에 있는 건물들은 곳곳이 망가지고 금이 가 있었다.

그 앞에는 얼굴을 잔뜩 찡그리고 있는 거북이가 보였다.

"이 썩을 놈! 아직도 살아 있다니!"

거북이는 소리부터 질렀다.

"오랜만이야, 호그다."

"웃지 마라! 네놈에게 당한 걸 생각하면!"

으득!

거북이가 주둥이를 갈았다.

'원한이 큰가 보군.'

민재는 거북이와 거래 배틀을 벌였다. 덕분에 체게게를 도울 마테리아를 확보할 수 있었지만, 그 때문에 거북이는 힘든 나날을 보냈을 것이다.

"네놈 면상을 보니 화를 참을 수 없군!"

"잠깐! 끊지 마! 좋은 거래가 있어!"

"거래?"

거북이가 솔깃한 반응을 보였다.

"네가 아주 좋아할 거래야."

으드득.

거북이는 인상을 썼다. 고민하는 듯 보였으나 곧 주둥이를 열고 말았다.

"거래는 신성하지. 원수인 네놈과도."

"날 도와줘."

"계약서를 쓰듯 정확하게 말해라."

"큰 전장이 예약되어 있어. 승리를 장담하기 어려운 전장이지. 그래서 널 용병으로 고용할까 싶은데?"

"맨입으로 하는 소리는 아니겠지."

"물론. 5만 마테리아를 걸지."

"5, 5만?"

거북이의 눈이 커졌다.

"대신 그냥 주는 건 아냐. 계약금도 없고."

"뭐얏? 상도를 어길 셈이냐?"

"그건 아냐. 내가 대전에서 승리하면 5만 마테리아를 주고, 패배하면 땡전 한 푼 없는 걸로."

"후불이군. 그따위 제안에 넘어갈 것 같으냐?"

거북이가 코웃음을 쳤다.

"싫음 말고. 끊는다."

"뭐? 자, 잠……."

거북이가 당황해 외쳤다.

민재는 화상 채팅을 끊어 버렸다.

"크크큭."

사라가 배를 쥐고 웃었다. 눈물까지 찔끔 흘리던 그녀가 물었다.

"귀엽군요, 저 유저."

"곧 연락이 올 겁니다."

"저 유저 말고도 또 있나요?"

"네."

민재는 또 메시지를 보냈다.

이번엔 친구 등록이 되지 않은 자였다.

답장은 금방 왔다.

화상 채팅창을 열자 붉은 머리카락의 여성이 보였다.

"이민재……."

그녀는 복잡한 표정으로 민재를 노려보았다.

"안녕하세요."

인사는 건넸지만, 사실 껄끄러운 자였다.

지난 일반 게임이었던 심해.

깊은 바다 속에서 같은 팀이었던 거대 길드와 분란이 있었던 민재였다.

아군이었으나 적이나 다름없었다.

그 길드의 소속이었던 이 여성이 용병으로 고용되려 할까?

하지만 그녀는 길드의 다른 구성원과는 달리 영입이 가

능할지도 몰랐다.

사정이 있어 보였기 때문이다.

그녀는 다른 길드의 장이었던 은발 남자에게 납치당했었다. 민재와 반목했던 그녀는 그가 은발 남자를 3데스 시킴으로 자유를 얻었다.

"안녕하진 못합니다."

여성의 목소리가 음울했다.

"문제라도 있습니까?"

"당신 덕분에 문제가 생겼죠."

그녀는 숨을 크게 들이켰다가 천천히 내뱉었다.

"신살대가 해체되었습니다."

"음……."

리더가 사라지자 거대 길드도 사분오열되었다. 팀이 해체되는 기간은 일주일도 채 걸리지 않았다.

인원이 줄어들면 전장에서의 힘도 줄어드는 법.

그녀는 친한 몇 명과 새로운 팀을 꾸리긴 했으나, 예전처럼 전장에서 승승장구하지는 못했다. 지금까지 살아남은 것도 기적이라고 했다.

"무슨 일로 연락하셨나요?"

"저를 도와주십시오."

민재는 사정을 말했다.

강력한 상대를 앞두고 있고, 이번 전장은 승리하기 어려울 정도로 위험하다는 것까지.

여성은 잠시 생각하더니 입을 열었다.

"도와야겠지요. 은혜를 입기도 했고."

"좋습니다. 고용비는……."

"필요 없어요. 당신처럼 강한 자에게 몸을 의탁하는 것이 차라리 나으니까요."

"고용비 없이 돕겠다는 뜻입니까?"

"네, 대신 당신 팀의 일원이 되게 해 주세요."

민재는 대답을 아꼈다.

잠시 고용하는 것이라면 민재가 독단적으로 처리해도 상관없다. 그런데 팀원으로 받아들이는 문제는 동료들의 허락이 필요했다.

"그 문제는 회의를 해 봐야겠군요. 다음에 답변 드리겠습니다."

"감사해요."

화상 채팅이 끊겼다.

사라가 생글거리며 말했다.

"의외로 반응이 좋군요. 전장에서 무슨 짓을 하고 다녔죠?"

민재는 대답하지 않았다.

다시 친구 목록을 뒤져 메시지를 보냈다.

하지만 답장이 오는 이는 없었다.

'모두 죽었나 보군.'

전장에서 살아남기란 참으로 어렵다. 눈덩이를 굴려서 크게 만들듯, 처음부터 끝까지 계속해서 강해져야만 목숨을 부지할 수 있었다.

조금이라도 삐끗하면 바로 큰 손해를 보게 된다. 이는 곧 목숨을 위협한다.

패배한 적 없는 민재이기에 지금까지 살아남을 수 있었다.

만약 한 번이라도 패배했다면 상황은 지금보다 더욱 암울해졌으리라.

"보충할 인원이 더는 없군요."

"그럼 어쩔 수 없겠군요. 오늘은 이만 헤어지죠."

민재는 고개를 끄덕였다.

사라와 의논했던 오늘 할 일은 끝났다.

김철수를 상대하기 위한 준비가 차근차근 진행되고 있는 것이다.

계획대로만 된다면 큰 이변 없이 김철수와 싸울 수 있을 것이다.

"사라, 나중에 또 보죠."

민재는 영토로 귀환했다.

파앙!

"다녀오셨습니까, 주인님."

프롬이 마중을 나왔다.

"그래, 잠시 쉴 거야. 준비해 줘."

"네!"

민재는 응접실로 이동해 소파에 몸을 묻었다.

프롬이 내오는 간식을 입에 넣고, 생각에 잠겼다.

'김철수가 정말 나쁜 놈일까?'

여전히 의문은 남았다.

민재는 그와 만나 본 적이 없었다.

사라에게 들은 대로라면 사악한 사람이지만, 실제는 아닐 수도 있지 않은가? 만약 사라가 거짓말을 하고 있고 김철수는 피해자라면?

물론 김철수가 기이한 행동을 하고 있다는 것은 이미 알고 있었다. 그것이 세계에 악영향을 끼치고 있다는 사실 역시.

'후우, 어렵군.'

지구인보다 외계인에게 더 믿음이 갔다. 그만큼 현실이라는 세상은 녹록하지 않았다.

김철수를 만나 보면 확실히 알 수 있으리라.

하지만 민재는 그가 두려웠다. 사라의 말이 사실이라면 김철수를 만나는 순간 자신의 목숨을 장담할 수 없는 상태가 된다.

'몇 가지 계책이 있긴 하지만.'

사라의 말이 사실인지 확인할 방법은 있었다.

하지만 그렇게 되면 사라와의 동맹이 깨질 위험이 있다. 그녀는 민재를 믿지 못하게 될 것이고, 민재가 김철수에 대항하기는 더 어려워질 것이다.

그래서 시도하기가 꺼려졌다.

'회의를 해 봐야겠어.'

민재는 동료들을 영토로 초대했다.

이제는 대사관으로 승격한 응접실에서 기다리고 있으니 동료들이 도착했다.

처음부터 정규 동료였던 비누엘과 우르자 등이 4명. 이제는 정규 멤버나 마찬가지인 샤나와 동물들. 그리고 마수 7명이 한자리에 모였다.

이들은 민재를 배신할 이유가 없는 자들.

앞으로 있을 전장에서 살아남기 위해서라도 이들은 민재가 필요하다.

"무슨 할 말이 있어 불렀소?"

비누엘이 대표로 말했다.

"사라를 완전히 믿을 수 없어서요."

민재는 지금까지 있었던 일들을 말해 주었다. 체게게나 미냐세 등은 알고 있었으나 동물들과 마수들은 일이 어떻게 진행되고 있는지 잘 모르기 때문이었다.

설명이 끝나자 반응은 제각각이었다.

"설마 거짓말을 했겠어요?"

동물들은 이해가 가질 않는다는 얼굴이었다.

그들이 사는 세상은 지구보다 덜 복잡한 사회니 이런 말을 하는 게 이해가 갔다.

마수는 쓴웃음을 지었다.

"인간은 원래 자기 동족을 믿지 못하지."

"그건 아닌 것 같은데?"

여우가 마수에게 말했다.

그녀가 만난 지구인은 민재뿐.

민재를 통해 지구인이 어떤 존재인지 알게 되었으니, 지구인 모두가 민재와 같다고 생각하고 있는 것이리라.

생각은 고마웠으나 민재는 고개를 저었다.

"지구에 인간의 천적은 인간뿐이죠. 그래서 인간끼리 싸울 수밖에 없어요."

설명을 더하자 수긍하는 분위기가 되었다.

비누엘이 말했다.

"확인해 볼 생각이오?"

"아직 모르겠습니다."

"위험한 일이오. 자칫 이민재…… 그대가 죽을 수도 있소."

"맞습니다. 하지만 김철수와의 대전에는 저 혼자만의 목숨이 걸린 것도 아니고."

사실 민재에겐 자신이 가장 중요하다.

그래도 동료들을 모아 회의를 연 까닭은 단 한 가지.

일이 꼬이면 가장 큰 피해를 입는 이가 바로 민재 자신이기 때문이다. 대전을 주최하는 만큼 가장 큰 피해를 입게 되니 말이다.

능력까지 걸고 싸울 이번 대전에서 지게 된다면?

목숨을 부지한다고 하더라도 능력까지 모두 빼앗기게 된다. 그렇게 되면 현실에서의 힘 역시 약화되고, 결국 김철수에게 살해당하고 말 것이다.

"대전은 내일이니, 확인하려면 오늘 해야 합니다."

"김철수를 만날 생각이라니……."

비누엘의 말에 몇몇이 즉각 반응을 보였다.

"전 반대예요."

동물들은 민재를 말렸다.

비누엘이 굳은 얼굴로 말했다.

"그를 만났다가 계획이 실패할 수 있소."

"알고 있습니다."

대화하다 보면 김철수가 사라의 계획을 눈치챌 수도 있는 법.

"사라는 모르게 할 거야?"

미냐세가 물었다.

"그래, 그녀가 알면 곤란해질 것 같아서."

"으음, 난 잘 모르겠어."

정답이 없었다.

대부분 결정을 내리지 못했다.

그때 우르자가 말했다.

"무엇을 두려워하십니까, 은인이시여."

"일이 잘못될까 싶어서요."

"이번 일은 은인께 중요한 일입니다. 은인께서 결정하고 상황을 주도하십시오."

"주도라……."

우르자의 말이 맞았다.

사라를 만난 후, 그녀에게 너무 끌려 다녔다.

아마도 정보의 차이 때문일 것이다. 사라가 더 많은 정보를 갖고 있었기에 민재는 그녀가 세운 계획에 동참할 수밖에 없었다.

'정보의 우위를 가진다.'

그리 생각하면 김철수를 만나는 게 맞다.

"고마워요, 우르자."

민재는 결정을 내렸다.

"김철수를 만나겠습니다."

그가 진실로 사악한 자라면? 의도적으로 그와 대적한다.

사라의 말이 거짓으로 판명이 나면 그녀와의 동맹을 파기한다.

"나도 함께 갈게."
미냐세가 말했다.
"나도 돕겠소."
"나도!"
동료 모두가 도우려 했다. 김철수와 불화가 일 때를 대비해 조금이라도 힘이 되려는 것이다.
민재는 고개를 저었다.
"직접 만날 생각은 없어요."
프리 미니언을 이용하면 된다.
팍살라가 했던 말이 생각났다.

[프리 미니언은 주인과 정신이 통하지.]

그 말은 곧 민재의 생각을 프리 미니언이 알 수 있다는 뜻.
민재는 그 말이 어떤 것인지 확실히 알지 못했다.
그래도 민재의 생각을 프리 미니언이 알 수 있다는 것만은 확실했다.
"모데크를 보낼 겁니다."
"사령술사를?"
"네. 말하는 건 다른 프리 미니언보다 나으니까요."
팍살라만큼은 아니었으나 곰들과 퍼스파들에 비하면 훨

씬 나았다.

사령술사를 김철수와 그의 프리 미니언과 만나게 한다.

민재는 영토에 있고, 사념을 사령술사에게 보내면 김철수와 안전하게 대화할 수 있다.

"죽는 일은 없을 겁니다."

민재는 웃었다.

일이 이상하게 꼬일 순 있어도 당장 죽는 일은 없으리라.

"그럼 시작할게요."

민재는 사령술사를 불렀다.

그러곤 퍼스파를 지구로 보냈다.

장소는 서울의 한 건물이었다. 인터넷을 뒤져 알아낸 대통령의 거처였다.

김철수가 한국의 대통령까지 프리 미니언으로 삼았을 줄은 예상치 못했었다. 그러나 사라가 조사한 자료가 확실하다면 대통령은 김철수의 부하에 불과하다.

민재의 입장에선 참으로 어이없는 일이었다. 대통령까지 부하로 삼을 수 있는 존재라니.

삐약!

퍼스파는 조심스럽게 날아올랐다.

밤이라 캄캄하지만 퍼스파의 시력은 인간을 넘어선다. 날고 있기에 경비 시스템 정도는 쉽게 뚫을 수 있었다.

건물 안으로 진입하기도 쉬웠다.

몸집이 작아서 창문 열린 곳만 찾으면 되는 것이다.

문이 닫혀 있으면 연다. 들킬 것 같으면 숨어 버리고 경비원이 있으면 목 뒤로 접근해 부리로 쪼아 기절시킨다.

그렇게 전진해 나가자, 민재의 미니맵 시야에 대통령이 나타났다.

그는 침대에 누워 잠을 자고 있었다.

'확실하군.'

미니맵에 보이는 표식은 프리 미니언.

정말로 그는 보통의 인간이 아니었다.

그러나 그가 김철수의 프리 미니언인 것까지는 확인할 수 없었다. 미니맵에 표시되는 표식은 프리 미니언이라는 것뿐 주인이 누구인지는 확인할 수 없는 것이다.

즉, 사라가 주인일 수도 있다는 뜻이다.

확인하려면 그를 깨우는 수밖에 없었다.

'소환.'

민재는 사령술사를 침실로 보내고 퍼스파를 불러들였다.

이제 지구에 있는 자는 사령술사뿐.

민재는 화상 채팅창을 열었다.

촤아악!

허공에 네모난 채팅창이 펼쳐지며 어두운 침실에 있는 사령술사가 보였다.

이것으로 동료들도 이제부터 일어날 일을 알 수 있게 되었다.

"깨워."

"알겠습니다, 주인님."

사령술사는 천천히 전진했다. 그리곤 손을 뻗어 대통령을 만지려 했다.

그 순간.

번쩍!

대통령이 눈을 떴다.

아무런 표정도 없는 얼굴을 한 채, 대통령은 눈알만 이쪽으로 돌렸다.

사령술사와 눈이 마주친 그는 침대에서 천천히 일어나기 시작했다.

'자고 있지 않았어?'

민재는 놀랐다.

이번 방문을 김철수가 알고 있었을 리 없다.

그러니 대통령이 눈만 감고 있었다고 보는 게 옳을 것이다.

그런 것치곤 대통령의 행동이 이상했다.

야밤에 괴이한 복장을 한 사령술사가 침실에 침입했다. 당연히 소리를 지르거나 두려워하는 반응을 보여야 했다.

이상하다는 생각은 대통령이 말을 꺼내자 곧 사라졌다.

"이번에는 무슨 일을 시킬 셈입니까, 주인님."

대통령의 태도는 공손했다. 하지만 묘하게 반항적이었다.

'오해했군.'

김철수가 사령술사를 보낸 줄 알았던 것이다. 그리 생각하면 저런 반응이 이해가 갔다.

처음 보는 사람조차 프리 미니언으로 착각할 만큼 김철수는 많은 자들을 거느리고 있으니.

'프리 미니언이 너무 많아 직접 관리하지는 않는 거겠지.'

민재는 단번에 이해했다.

김철수는 프리 미니언을 많이 소유하고 있다. 그러니 효율적으로 관리할 시스템이 필요했을 것이다.

전투에 도움이 되어 자신이 직접 관리하는 자들. 그리고 지구에 흩어져 있는 자들을 관리하는 중간 관리자. 그리고 대통령처럼 자신이 무슨 일을 하는지조차 이해하지 못한 채 명령만 받는 이들.

즉, 말단에 불과한 대통령은 사령술사를 중간 관리자로 오인한 것이다.

이 오해를 바탕으로 정보를 뽑아낼 수 있었다.

'좋아. 한번 해 볼까?'

민재는 사령술사에게 사념을 보냈다.

사념이라는 게 어떤 메커니즘을 가졌는지까지는 모른다. 그저 정신을 집중하고 사령술사에게 할 말을 전할 뿐이었다.

사령술사는 반응했다.

민재가 보내는 생각을 입으로 말하기 시작한 것이다.

"일을 제대로 하라고 했을 것인데?"

로브를 눌러써 얼굴이 보이지 않는 사령술사.

목소리마저 음산해 저절로 공포 분위기가 조성되었다.

"제대로 하고 있음을 아시지 않습니까?"

"무엇을 제대로 하고 있다는 말이냐?"

호통을 치자 대통령은 몸을 떨었다.

"시키신 대로 세금도 올렸고, 비자금도 빈틈없이 보내드렸습니다. 확인을 몇 번이나 했는데, 설마 김 실장이 실수를?"

'세금을?'

민재의 입이 저절로 벌어졌다.

최근 몇 년간 세금이 많이 올랐다는 사실은 알고 있었다. 그래서 불만이 많았었는데, 그 이유가 김철수 때문이라니.

'나쁜 놈이군.'

설마 했는데, 진짜 나쁜 짓을 하고 있었다니.

그래도 아직 대통령이 김철수의 프리 미니언이라는 사실

은 확인하지 못했다.
조금 더 정보를 얻어야 했다.
"주인님께서 실망하셨다."
"그런!"
대통령의 표정이 나빠졌다.
"확인해 보겠습니다."
대통령이 침대 머리맡으로 걸어갔다. 그리곤 전화기를 집어 들었다.
그때, 파앙!
갑자기 공간이 뒤틀리며 뭔가가 나타났다.
그는 재빨리 움직여 대통령의 손목을 잡았다.
탁!
"엇!"
대통령이 깜짝 놀라 소리쳤다.
민재 역시 깜짝 놀랐다.
평범한 인간이 공간을 격하고 나타날 리 없다.
전장의 능력을 가진 자, 혹은 그의 부하가 아니면 이런 식으로 이동할 수 없는 것이다.
그렇다고 할지라도, 설마 진짜가 나타날 줄이야.
'김철수…….'
짧고 검은 머리카락에 날카로운 눈매. 쌍꺼풀이 없어 더욱 냉철하게 보이는 표정.

그는 김철수였다.
설마 싶어 서둘러 미니맵을 확인했다.
사라의 경우와는 달랐다.
그는 가짜가 아닌, 진짜 유저였다.
"재미있군."
김철수가 웃었다.
"주, 주인님!"
대통령이 대경하며 허리를 굽혔다. 절이라도 하려는 것 같았다.
그러나 그는 곧 사라졌다.
휙!
허깨비처럼. 공간 이동을 해 버린 것이다.
침실에 남은 자는 이제 사령술사와 김철수뿐.
"직접 올 줄 알았더니. 간이 작구만."
김철수가 팔짱을 끼고 말했다.
'강하다.'
민재의 눈엔 그것부터 보였다.
미니맵으로 보이는 김철수의 전투력은 굉장했다.
기본 수치만 보아도 사라와 블랑스 보다 1.5배는 더 높았다. 민재와 비교하자면 3배. 맞붙는다면 필패였다.
이것만으로도 전력 차이가 엄청난데, 문제는 이 수치마저 믿을 수 없다는 점이었다. 김철수가 순순히 자신의 힘을 모두 보여 줄 리가 없으니, 분명 아이템을 빼고 왔거나 포인트를 하향 조정하고 있을 것이다.

즉, 전장에서 만난다면 이보다 더 강할 확률이 컸다.

'역시 세계 최강의 프로 게이머. 명불허전인가?'

아찔할 정도의 전투력 차이였다.

한데, 기이하게도.

민재는 한번 붙어 볼 만하다는 생각이 들었다.

처음 전장에 소환되었을 때 민재는 미니언보다 약한 존재였다. 상대측과 비교하면 너무나도 허약했었다.

그래도 살아남고 강해졌다.

이는 민재가 가진 정보의 우위 덕이다.

그러나 그보다 더 중요한 원인은 이겨서 살아남겠다는 의지였다.

거대한 위협도 물리쳐 버리겠다는 호승심.

김철수가 엄청난 강적이라고는 하나, 그만큼 그를 이긴 후의 보상도 크다.

민재는 자신이 승부사의 자질을 가졌다는 사실을 실감했다.

김철수를 두려워했다.

그러나 이제는 아니다.

미지의 대상은 두렵지만, 막상 김철수라는 인간을 대면하자 투쟁심이 불타오르는 것이다.

민재는 사령술사에게 사념을 보냈다.

"대통령까지 프리 미니언으로 삼아 뭘 하려는 거지?"

"그게 궁금한가?"

김철수는 웃었다.

그는 침대 옆에 있는 미니 냉장고를 열었다. 술병과 잔 두 개를 꺼내 들고 탁자로 다가갔다.

"이리 와서 한잔하는 게 어때?"

"대답부터 듣고 싶은데."

"음…… 딱딱한 걸 보니 남자로군. 실망이야."

김철수는 술병을 땄다.

'내가 누구인지 모르는 게 확실해.'

알고도 떠보려는 속셈일 수도 있다. 그러나 민재가 누군지 알았다면 진작에 김철수가 찾아왔을 게 아닌가?

김철수는 술을 한 모금 마시더니 다시 말했다.

"어디까지 알고 있는지는 모르겠지만, 사라는 믿지 않는 게 좋을 거야."

'음…….'

역시 김철수는 이쪽에서 무슨 일을 꾸미고 있는지 어느 정도는 눈치챈 것 같았다.

아마도 인터넷에 뿌려진 동영상 때문이리라.

사라가 그 계획을 말하진 않았을 것이니, 방금 한 말은 김철수의 떠보기일 가능성이 컸다.

프로 게이머를 할 정도로 머리가 좋은 김철수다. 지금부터의 대화는 조심해야 했다.

민재는 머리를 굴렸다.

짧은 대화만으로 김철수가 가진 정보와 의도를 파악하고 되받아쳐야 했다.

'초면부터 날 시즌 2의 유저라고 여기고 있어. 모데크를 사라의 프리 미니언이라고는 생각지 않는 것일까?'

"왜 날 믿지 말라는 거지?"

민재는 자신이 사라인 척했다.

"아닌 척하지 말라고. 피차 신경전까지 할 필요는 없다고 보는데, 시즌 2의 유저."

민재는 대답하지 않았다.

김철수는 술을 조금 더 마시더니 손가락으로 이쪽을 가리켰다.

"모르는 것 같으니 알려 주지. 사라의 프리 미니언은 느낌이 조금 달라."

'조금 다르다?'

민재는 그 차이를 알 수 없었다.

미니맵으로 보이는 표식만으론 자신의 프리 미니언과 사라의 것을 구분할 수 없었기 때문이었다.

단순히 떠보려는 말이라기엔 김철수의 태도가 너무 확고했다.

그가 확신하는 이유는 아마도.

'시스템 차이인가?'

시즌 1은 지금보다 아날로그적이었다. 시즌 2만 경험해 본 민재가 모르는 뭔가가 있으리라.

"이렇게 만나게 된 것도 인연인데, 용건만 간단히 말하지."

김철수가 다리를 꼬았다.

그리곤 이쪽을 보며 웃었다.

"대전을 받아들이겠다."

'뭐?'

민재는 깜짝 놀랐다.

김철수가 이쪽 계획을 모두 예상하고 있다니.

사라가 정보를 누설했을 리는 없다. 그렇다면 김철수는 단편적인 정보만으로 모든 상황을 추측해 내고 결론까지 내렸다는 말이 된다.

정보력이 엄청나다는 것은 둘째 치고, 머리도 엄청나게 좋지 않은가.

놀랐지만, 티를 낼 필요는 없었다.

"대전? 그게 무슨 뜻이지?"

"진짜 간이 작군. 이럴 땐 직구를 날려야지. 왜 내가 너를 영입하려 하지 않는지. 왜 2대1인데도 싸우려고 하는지."

대단한 자신감이 엿보였다.

사실 민재도 그것이 궁금하긴 했다. 하지만 이 문제는 어느 정도 예측 가능했다.

이왕 이쪽의 의도를 들킨 마당이니, 그보다 더 궁금했던 것을 물었다.

"김철수, 지구에 무슨 일을 하려는 거지?"

"막장은 아닌 놈이군. 그걸 궁금해하다니."

김철수는 입을 다물곤 이쪽을 빤히 바라보았다.

그러더니 갑자기 진지한 얼굴로 물었다.

"너는 지금 세상이 옳다고 믿나?"

"옳다니?"

"기회의 평등. 노력만 하면 누구나 부자가 될 수 있는 시대. 헛소리지. 그렇게 떠들지만, 실제는 민중의 봉기를 막으려 만든 프로파간다일 뿐이야."

민재는 대답하지 않았다.

김철수가 무슨 말을 하는지 이해했기 때문이다.

세상은 평등하지 않다. 금 수저를 물고 태어난 자들만 보아도 알 수 있지 않은가.

민재 역시 불만이 있었다.

그렇다곤 해도 김철수처럼 이변을 계획할 정도는 아니었다.

김철수는 계속 떠들었다.

"민주주의? 의도는 좋지만 지금의 민주주의는 잘 포장된 우민정치야. 투표로 뽑힌 정치인이 서민을 위해 일하는 꼴을 한번이라도 본 적 있나? 있다면 네가 속은 거지. 실제로 그런 놈이 있을 리도 없지만, 있어도 얼마 못 가. 그런 놈을 두고 볼 만큼 권력을 가진 자들은 만만하지 않아."

"그래서 대통령을 부하로 만들었나? 세금까지 올려가며 마련한 비자금으로 뭘 하려고 했던 거지?"

"이제 말이 술술 나오는군. 좋아. 대답은 해 주지. 나도 이 방법이 옳다고만 생각지는 않아. 하지만 큰일을 하려면 어쩔 수 없어."

"돈이 필요한 이유를 모르겠는데? 세상을 바꾸고 싶으면 전장에서 얻은 능력으로도 충분할 텐데?"

"아직 젊나 보군. 역사에 관심 있다면 내 말에 동의할 텐데 말이야. 의도를 말해 주자면, 사람들은 현 체제에 불만이 클수록 새로운 시대에 열광하게 되는 법이니까."

"병 주고 약 주고냐?"

민재는 김철수의 말에 동의할 수 없었다.

좋은 세상을 만들기 위해 의도적으로 사람들을 힘들게 하다니.

"결핍이 없으면 고마움을 모르는 게 사람이라는 동물이니까. 아직 어리니 이런 말을 해도 이해할 수 없겠지."

김철수는 자리에서 일어났다.
그러곤 이쪽으로 천천히 다가왔다.
공격 의사는 없어 보였다.
그래도 혹시 모르니 사령술사를 뒤로 물렸다.
김철수는 아랑곳하지 않고 다가와 입을 열었다.
"아쉽군. 사라 보다 나를 먼저 만났다면 좋은 동료가 될 수도 있었을 텐데. 하지만 지금은 늦었군."
탁!
김철수가 사령술사의 어깨를 잡았다.
그리곤 웃으며 말했다.
"전장에서 보자고, 친구."
콰직!
갑자기 뼈 부러지는 소리가 났다.
동시에 화상 채팅창이 꺼져 버렸다.
사령술사가 죽어 버린 것이다.
'윽!'
민재는 가슴에 시큰한 통증을 느꼈다.
체력이 닳지는 않았다. 다만 민재와 정신이 연결된 프리미니언이 사망했기에 자연스레 고통을 느낀 것이다.
'한 방에?'
김철수는 사령술사의 어깨를 잡은 채 손을 오므렸을 뿐이다.

공격적인 행동도 아닌데 사령술사가 즉사할 정도로 큰 타격을 주다니. 스치는 공격조차 정타가 들어가는 전장이라면 모를까, 현실에서 이런 공격이 가능할 줄은 몰랐다.

스킬을 사용한 것은 아니다. 김철수의 각종 수치가 높다고는 하나 기본 공격력이 사령술사를 즉사시킬 정도로 엄청난 정도도 아니었다.

'어떻게 이런 일이 가능하지? 공격력이 높아서?'

민재는 이해가 가지 않았다.

확실한 것이 있다면, 김철수를 상대하기가 결코 쉽지 않겠다는 예감뿐.

❖ ❖ ❖

민재는 원룸으로 돌아갔다.

아침 식사를 하며 김철수와의 대화를 돌이켜 보았다.

역시 그는 위험했다. 죽기 싫어서라도 민재는 사라와 힘을 합쳐야 했다.

'사라를 만나야겠군.'

민재는 그녀의 저택으로 찾아갔다.

사라는 곧 도착했다.

"부지런하네요. 해가 이제 떴는데."

"해야 할 말이 있어서요."

“저도 할 말이 있어요. 그보다 토스트 먹을래요?”
“전 먹었습니다.”
그녀는 손수 아침을 준비하기 시작했다.
그러며 사라가 말했다.
“김철수에게 연락이 왔어요.”
‘음?’
벌써 김철수에게서 연락이 오다니.
민재가 김철수와 헤어진 시각은 약 2시간 전. 그사이에 김철수가 사라에게 연락한 모양이었다.
“무슨 말을 하던가요?”
“대전을 받아들이겠다더군요. 화가 많이 나 있던데요.”
“역시…….”
선전포고일 것이다.
김철수와 대화했다면, 사라는 민재가 김철수를 만났다는 사실을 알게 되었을 것이다.
사라에게 말하지도 않고 그를 만나다니, 이는 치명적인 결과를 초래할 수도 있었다.
일이 잘되어 다행이지만, 민재는 사라에게 미안해졌다. 그녀와는 동맹을 맺은 입장이었다.
사라는 아무렇지도 않은 듯 보였다.
토스트를 먹으며 평소처럼 그녀는 말했다.
“계획대로 오늘 밤 대전을 치르는 게 어때요?”

"그러죠."

"좋아요. 그럼 블랑스를 데려오세요."

"블랑스를?"

미냐세의 세계에 있는 사라의 동료.

민재는 그가 꺼려졌다. 위험한 행동을 하는 그였기에 지구로 데려오는 시기를 될 수 있으면 늦추고 싶었다.

"살짝 맛이 가서 위험하긴 해도, 그의 힘이 필요한 건 사실이잖아요. 꺼림칙하면 제 영토에 잠시 머물게 하면 돼요."

"그게 좋겠군요."

그를 영토로 데려갔다간 무슨 짓을 저지를지 모른다. 그런 블랑스라도 옛 동료인 사라의 말은 잘 들을 것이다.

"저녁에 데려오면 되겠습니까?"

"아뇨, 지금이 좋겠네요. 알려 줄 것이 있거든요."

"알겠습니다."

민재는 자리에서 일어났다.

그리고 영토로 귀환했다.

이윽고 저녁이 되었다.

이제 몇 시간 후면 대전이 시작된다.

이 대전의 결과에 따라 민재는 지구에서 위협 받지 않게 되거나, 혹은 능력을 빼앗기는 것뿐만 아니라 목숨까지 잃게 될지도 모른다.

민재는 동료들을 초대했다.

파파팡!

공기가 터지는 소리가 들리며 그들이 속속 도착했다.

살펴보니 다들 준비를 단단히 마친 상태였다.

룬과 아이템부터 프리 미니언까지.

비누엘은 딸인 릴리엘과 부족의 전사인 헤링엘을 데리고 왔다. 미냐세는 곰들과 퍼스파를, 우르자는 딸 이다르와 마계의 거미들을 데리고 왔다.

체게게와 샤나, 동물들은 단신이었다. 그녀들은 아이템을 공급하는 등 각기 할 일이 있었다.

고블린은 평소보다 많은 수의 호문클루스를 데려왔고 마계의 마수 7명은 지난번처럼 털이 북슬북슬한 짐승들을 대동하고 있었다.

수를 모두 합하니 70이 넘었다.

전장에 처음 소환되었을 때와 비교하면 엄청난 전력이었다.

한데 전력은 더 늘어났다.

이번 대전을 위해 용병으로 삼은 자들이 도착한 것이다.

파파팡!

파열음이 사라지자 거북이와 수중 생물 4명, 그리고 인간형 여성 5명이 보였다.

유저만 해도 전부 10명이었고, 프리 미니언까지 합하면 30이나 되는 대인원이었다.

그들은 나타나자마자 사방을 주의 깊게 보더니 민재에게 인사를 해 왔다.

"말도 안 되는…… 엉터리 같은 영토군."

거북이가 인상을 잔뜩 썼다.

민재의 영토가 너무 커 기분이 나빠진 것이다.

"위험한 전장인데 괜찮겠어?"

민재는 피식 웃었다.

이틀이나 연락이 없었던 거북이였다. 나름 밀당을 하려는 의도였겠지만 그는 오늘 아침 연락을 하고 말았다.

민재가 제시했던 조건을 받아들이겠다는 내용이었다.

이기면 5만 마테리아를 받을 수 있다. 그러나 지게 되면 아무것도 없다. 게다가 능력까지 잃고 만다.

도박이라기엔 패배했을 시의 위험이 너무 컸다. 평소의 그였다면 용병이 되는 일은 결코 없었을 것이다.

그런데도 승낙했다는 것은 거북이도 나름대로 위기감을 느끼고 있어서가 아닐까.

"상거래에 영원한 적은 없다. 살아남기 위해서라면 네놈과도 손을 잡을 수밖에."

거북이가 다가오더니 앞발을 내밀었다.
민재는 그것을 잡고 흔들었다.
"환영한다."
"이기기만 해라."
거북이는 기분 나쁜 얼굴을 숨기지 않고 돌아섰다.
민재는 거북이의 동료들과도 인사를 나누었다. 생선, 해마 등의 수중 생물들은 예전에 적으로 마주쳤던 자들이라 낯이 익었다.
인사를 마친 민재는 여성 5명에게 다가갔다.
그들 중 붉은 머리 여성이 대표로 한 걸음 앞으로 나섰다.
"잘 오셨습니다."
"잘 부탁해요."
몇 명이 감사의 인사를 해 왔다.
거대 길드의 일원이 되어 착취를 당하던 그녀들이다. 민재가 수장을 물리침으로 인해 본의 아니게 그녀들이 구원을 받게 된 것이다.
"지면 능력을 잃어버리는데, 괜찮겠습니까?"
이번 전장은 능력까지 건 대전이었다.
주최자인 민재만이 아니라 대전에 참여한 모두에게 적용되는 법칙이었다.
미냐세와 우르자 등의 동료들은 물론이고 거북이와 여성

들처럼 용병으로 참여한 자들까지 능력을 건 한판 승부를 벌여야 했다.

이는 김철수가 원한 대전 조건이었다. 사라는 말했다.

김철수는 자신의 능력만이 아니라 여러 가지 능력을 원한다고. 이 조건이 아니면 대전을 하지 않겠다니 민재로선 어쩔 수 없는 선택이었다.

오랜 동료들은 민재와 한 배를 탄 입장이니 기꺼이 위험을 감수하겠다고 했고, 용병에겐 확답을 받아야 했다.

붉은 머리의 여성은 어두운 낯으로 말했다.

“전장의 끝이 느껴집니다. 수많은 사람들이 죽고, 이제 살아남은 친구는 이들뿐입니다. 이런 상황에서까지 움츠리고 있다간 죽고 말 테지요.”

여성은 뒤가 없다고 했다.

민재와 연합해 미지의 전투를 이어 가는 것만이 생존 비결이라 여기고 있었다.

“그 정도 다짐이면 되었습니다. 환영합니다.”

민재는 여성 5인조로 받아들였다.

그리곤 동료들을 둘러보았다.

“대전에 앞서 손발을 맞춰 봐야 하는데, 그전에 사라에게 연락하겠습니다.”

민재는 화상 채팅창을 열었다.

좌악!

네모난 창 안에 새하얀 홀이 보였다.

지난번에 가 보았던 사라의 건물 최상부였다. 시즌 1의 생존자가 되어 받게 된 시스템 교란 시설.

그 안에 금발의 사라와 보라색 피부의 블랑스가 있었다.

"인원이 많군요."

사라가 이쪽을 살피며 말했다.

민재가 그들을 보고 있는 것처럼 사라 역시 화상 채팅창을 통해 민재 주변을 볼 수 있는 것이다.

"유저만 20명입니다. 프리 미니언까지 합하면 100이 훌쩍 넘는군요."

"제법 많군요. 이 정도 전력이면 이길 수도 있겠어요."

사라의 표정이 밝았다.

"반드시 이겨야죠."

민재는 주먹을 쥐었다.

꼭 이겨야 했다. 지구를 구한다는 명분 보다도 개인의 안전을 위해서였다. 거기에 더해 이번 대전에서 이기면 민재는 아주 큰 보상을 받게 된다.

그만큼 이번 대전은 특별하다. 민재와 민재 측 유저들이 건 능력. 김철수와 김철수의 동료가 지녔을 능력.

이기게 되면 민재 혼자 모든 능력을 독식한다.

지게 되면? 김철수가 민재의 능력은 물론이고 사라와 블랑스, 동료들의 능력까지 독식하게 된다.

대전을 주최한 자가 모든 것을 얻게 되는 것이다.

"이기게 될 거예요."

사라가 웃었다.

대전 주최자인 민재와 달리 사라는 이겨도 큰 이득이 없다. 물론 민재가 주최자의 권한으로 여러 가지를 챙겨 주겠지만, 이것은 대전에서 졌을 때 능력을 빼앗기는 것에 비하면 참으로 조촐한 보상이다.

그럼에도 사라는 대전에 의욕적이었다.

난동을 피우는 블랑스를 애써 달래는 것으로 시작해, 자신의 영토를 전시체제로 변환하는 등, 자세한 것은 알지 못했으나 상당히 많은 준비를 한 모양이었다.

"곧 합동 훈련을 할 생각입니다."

민재가 말했다.

사라는 고개를 저었다.

"저는 참여하지 않겠어요. 영토에서의 전쟁 준비를 더 지켜봐야 할 것 같아서요. 그리고 블랑스도, 도움이 되지는 않겠죠."

"내가 왜!"

블랑스가 성질을 부렸다.

자신이 애물단지 취급을 당하는 것에 화가 난 것이리라. 그래도 난동을 피우지는 않았다. 사라가 머리를 쓰다듬어 주었기 때문이었다.

"그래도 블랑스는 큰 힘이 될 거예요. 나처럼 특별한 보상을 받았으니까."

블랑스 역시 시즌 1의 생존자.

그도 사라처럼 특별한 보상을 받았다.

"융합 말이군요."

블랑스가 받은 것 역시 시설이었다.

그 시설은 사라의 것처럼 마테리아를 모아 새로운 용도로 쓸 수 있었다.

프리 미니언이나 아이템이나. 블랑스는 그런 것들과 몸을 합쳐 더 강해지게 된다.

"이번 전투를 위해 블랑스는 고대의 유물을 준비했어요."

"고대의 유물이라니요?"

"그의 세계에 가 보았으니 알겠죠? 과거에 그들은 엄청난 문명을 이루었어요."

민재도 알고 있었다.

미냐세 부족의 터전은 우주 콜로니. 한때 지구인 이상의 문명을 이루었던 그곳에는 엄청난 힘을 가진 유물들이 즐비했을 것이다.

물론 지금은 그저 돌멩이나 다름없어졌다. 고장 난 채 너무 오래 방치되었기 때문이었다.

그런 유물을 블랑스가 발견했다고 할지라도 제대로 기능

할 수는 없을 것이다.

하지만 그의 능력을 사용한다면?

"블랑스가 유물과 융합하게 되면, 유물의 능력을 사용할 수 있게 된다는 말입니까?"

"그래요. 아쉽게도 발견한 게 무기뿐이지만, 지금은 무기가 도움이 되잖아요."

"강한가 보군요."

"물론이죠. 그런 엄청난 크기의 콜로니를 만들었던 자들의 것인데. 어떤 것인지는 곧 알 수 있을 거예요."

"좋습니다. 그럼 잠시 후에 다시 연락하겠습니다."

민재는 연락을 끊었다.

그리곤 동료들을 모아 수련장으로 향했다.

그곳엔 최종 단계까지 업그레이드된 미니언들이 줄을 지어 도열해 있었다.

은색이 번들거리는 육중한 갑주. 커다란 검과 방패를 든 그들은 외관부터 강인함을 풍겼다.

"훈련을 시작하죠."

민재는 동료들과 함께 연습을 시작했다.

용병 10명이 더 추가되어서인지 연습은 전과 같지 않았다. 아직 팀워크가 맞지 않았다.

그래도 시간이 지나자 차츰 손발이 잘 맞기 시작했다. 민재가 정해 주는 상황에 맞추어 모두가 유기적으로 움직여 나갔다.
그렇게 밤까지 연습하고 휴식을 가졌다.
민재는 사라에게 연락을 넣었다.
채팅창이 열리자 새로운 풍경이 보였다.
건물의 최상층에 서 있는 사라와 블랑스.
그 아래엔 엄청난 수의 프리 미니언이 병사처럼 도열해 있었다.
수는 어림잡아도 수천. 어쩌면 1만을 넘길지도 몰랐다.
"저게 다 전투 인원입니까?"
민재는 황당해져서 물었다.
전장이 넓다고는 하나, 저렇게 많은 인원이 들어갈 정도로 크지는 않다.
아마도, 저 인원 모두가 전장에 들어서면 발 디딜 틈이 없지 않을까?
한데 사라는 문제없다는 얼굴이었다.
"걱정 마세요. 전장은 상황에 맞게 변하니까."
"흠."
민재가 경험했던 전장의 필드는 하나가 아니었다.
그때그때 상황에 맞게 변했던 것이다.
참여 인원이 저렇게나 많다면 전장의 크기 역시 커질 확률이 높았다.
"좋습니다. 하지만 저들이 죽는 만큼 김철수는 이득을

볼 텐데요."

약한 아군은 적의 경험치다.

괜히 죽어서 적을 강하게 만드느니 차라리 없는 것이 나은 것이다.

"괜찮아요. 저들이 주는 경험치는 정말 미미하니까. 100명의 경험치가 1레벨 유저와 비슷할 거예요."

"흠, 그렇다면 상관없겠군요."

적에게 주는 경험치가 적다면 저들을 활용할 방법이 많아진다. 인해전술은 생각보다 강력했다.

"이제 대전을 신청하세요."

사라가 말했다.

민재는 고개를 끄덕였다.

사라와 블랑스는 대전을 신청할 수 없다. 가능한 자는 시즌 2를 치르고 있는 유저뿐이었다. 사라와 블랑스는 민재 없인 김철수와 싸울 수도 없는 것이다.

"대전을 신청하겠습니다. 이민재가 김철수에게."

민재는 손가락을 움직여 시스템창을 만졌다.

그때 사라가 말했다.

"틀렸어요. 레드 바론이 김철수에게 신청하는 거죠."

"레드 바론? 아!"

현재 민재의 이름은 레드 바론으로 바뀌어 있었다.

"그러죠."

민재는 대전 신청을 했다.

[김철수 님에게 대전을 신청하시겠습니까? 대전 조건은 능력을 포함한 모든 것을 걸고.]

'수락.'

잠시 기다리니 바로 연락이 왔다.

[김철수 님이 대전을 수락하였습니다.]

민재는 사라를 보곤 고개를 끄덕였다.

사라의 얼굴이 단번에 열기로 가득해졌다.

"드디어……."

"이제 이쪽으로 오세요."

곧 대전이 시작된다. 함께 모여 준비해야 한다.

"이곳에 있어도 결과는 변함이 없어요."

"아, 그렇습니까?"

민재의 영토에 있지 않아도 대전이 시작되는 즉시 전장으로 소환되는 모양이었다.

"그럼 잠시 후에."

민재는 채팅창을 껐다.

그리곤 시계를 쳐다보았다.

재깍재깍.

소리도 없이 움직이는 숫자를 보고 있으니 절로 긴장이 되었다.

이번 싸움을 위해 많은 준비를 해 왔다.

처음엔 대적하기조차 겁이 났었다. 그를 이기기란 불가능해 보였다. 그런데 지금은 그와 운명을 건 한판 승부를 벌이려 하고 있다.

결과가 어떻게 돼든, 민재는 이번 전투에 사활을 걸 생각이다.

지면 끝이지만, 이기면 지구에서 두려운 자가 없어진다.

김철수의 능력을 모조리 가지게 되니, 사라보다 더 강력한 존재가 되는 것이다.

그런 생각을 하고 있으니.

쿠르릉!

땅이 떨리며 영토의 이동이 시작되었다.

CHAPTER 34
우주

영토는 조용히 미끄러져 갔다.
민재는 동료들을 데리고 전투 필드로 이동했다.
민재의 영토 레벨이 11이나 되었기에 전투 필드마저 거대했다.
그곳에 있는 넥서스 근처에서 대기했다.
'너무 느려.'
영토의 이동은 무척이나 느렸다.
지금쯤이라면 상대방의 영토와 만나고 필드가 형성되어야 한다. 시간이 꽤 지났지만 영토는 아직도 이동하고 있었다.
뭔가 이상한 것을 감지했는지 동료들의 얼굴에 불안함이

생겨났다.

그때 갑자기 이변이 생겼다.

쾅!

폭탄이라도 터진 것처럼 대기가 진동했다.

동시에 하늘이 검게 변해 버렸다.

"아니?"

동료 몇이 깜짝 놀라 소리쳤다.

'밤하늘? ……아냐.'

민재는 미니맵 시야를 통해 영토를 살폈다.

위쪽이 온통 검고 별까지 떠 있다는 면에선 밤하늘이나 마찬가지였으나, 아래쪽은 푸르스름하게 밝았다.

단순한 밤이 아니었다.

그렇다고 민재가 이런 하늘을 본 적이 없는 것도 아니었다.

동트는 새벽을 닮았지만, 그보다 더욱 선명한 흑과 청의 대조.

과학의 힘을 빌리면 이런 광경을 선명하게 볼 수 있었다.

'설마?'

텔레비전에서 보았던 영상이 번뜩 떠올랐다.

민재는 급히 미니맵 시야를 영토의 끝자락으로 이동시켰다.

허공에 떠 있는 섬과도 같은 민재의 영토.

이 땅에 발을 딛고 고개를 들면 위만 보일 뿐이다. 하지만 절벽과도 같은 영토의 끝자락으로 이동하면 영토 아래쪽의 하늘을 볼 수 있었다.

민재는 미니맵 시야로 아래쪽을 살폈다.

그러자 드러났다.

'지구…….'

거대한 둥근 것은 푸르렀다. 곳곳에 하얀 구름이 연무처럼 소용돌이치고 있었고 그 사이로 태평양과 북미 대륙이 보였다.

지구라니.

맨 처음 영토에 발을 디뎠을 때 민재는 땅 아래를 보았었다.

그때는 아래쪽도 온통 하늘뿐, 끝이 보이지 않는 푸른 무저갱에 민재는 서둘러 뒷걸음질 쳤다.

그래서 그 뒤로는 영토 아래쪽을 살피지 않았다. 떨어지면 죽고 말 것이라는 공포가 뇌리를 사로잡았다는 이유도 있지만, 영토가 있는 곳이 인세가 아닌 괴이한 공간 속이라는 이유가 가장 컸다.

지구에서 동떨어진, 독립된 공간.

영토는 항상 그런 곳에만 존재하는 줄로 알고 있었다.

한데 지구라니.

'설마 대전할 때 하는 이동이?'

대전하기 전 영토는 항상 어딘가로 이동했다.

그저 아무것도 없는 공간을 이동하다 적의 영토가 있는 공간과 연결되는 줄로만 알았다. 그런 후 전투가 이루어지는 것이리라 생각했었다.

그런데 지금 광경을 보면 그것이 다가 아니었다.

민재는 급히 뒤돌아 소리쳤다.

"우르자! 우리가 마왕과 싸울 때 하늘을 본 자가 있습니까? 그 시간대 하늘에서 이상한 것을 본 사람은 없었나요?"

"마왕과?"

우르자는 턱을 만지며 생각에 잠겼다. 그러더니 곧 말했다.

"들은 적이 없습니다."

"비누엘은요?"

"없소."

"체게게는?"

그녀도 고개를 저었다.

'역시…….'

민재는 이제껏 그들의 세계에 있는 유저와 대전을 벌였다. 그때는 하늘이 지금과 같지 않았다.

주최자가 다른 차원의 인간인 민재였기 때문이리라. 그

래서 전투가 벌어지는 장소는 이차원의 공간이었다.

그런데 만약.

같은 세계에 살고 있는 자들끼리 대전을 벌이게 된다면?

서로의 영토가 만나는 곳은 이차원의 공간이 아니라 그들이 살고 있는 세계가 되는 것이다.

'나와 김철수의 대전이기 때문에 지구에서 싸우게 되었다?'

머리가 식는 기분이었다.

비누엘이나 우르자의 종족은 인간에 비한다면 초인에 가까울 정도로 육체 능력이 탁월하다. 그래서 상공에서 대전이 펼쳐지면 그들은 눈으로도 대전을 관찰할 수 있다.

하나 체게게처럼 인간은? 불가능하다. 우주에 가까울 정도로 높은 곳까지 자세히 관찰할 수 있을 정도로 인간은 시력이 좋진 않다. 그저 조금 기이한 별빛이라 여기고 말 것이다.

지구도 인간이 사는 장소라는 점에서는 문제가 없다.

하지만 지구엔 망원경이라는 게 있다.

멀리 떨어진 달마저 앞마당 살피듯 볼 수 있는 장비가 있지 않은가.

그러니 지구에서도 충분히 민재의 영토를 관측할 수 있을 것이다. 그들은 민재의 영토를 보고 뭐라고 생각할까.

외계인의 UFO? 전설의 아틀란티스 대륙이 우주에 나

타났다?

이건 김철수를 끌어들이기 위해 민재가 초능력자 동영상을 찍은 것과는 비교도 되지 않았다. 그만큼 파급 효과가 엄청난 것이다.

민재가 전투를 무사히 끝내고 귀환한다고 할지라도 이미 세계는 난리가 난 뒤일 것이다. 인간이 알지 못하는 무언가가 세상에 존재한다는 것이 이미 알려진 후일 테니까.

'조용히 살긴 글렀나?'

전장에서 얻은 능력으로 조용히, 하지만 남들보다 잘 먹고 잘사는 게 민재의 바람이었다. 그런데 계획은 이미 틀어졌다.

그때였다.

"아! 민재!"

미냐세가 앞을 가리켰다.

서둘러 그곳을 바라보니, 새로운 것이 나타나 있었다.

대륙. 첫 감상은 그것이었다.

크기가 한눈에 들어오지 않을 정도로 컸다. 거대하다는 말이 부족할 정도로 엄청났다.

'저것이 김철수의 영토?'

"엄청나군."

거북이가 몸을 부르르 떨었다.

그만큼 눈앞에 나타난 영토가 주는 압박감은 엄청났다.

하지만 민재는 몸을 떨 정도로 놀라지는 않았다. 저 정도면 사라의 영토와 비슷한 크기였다. 생각했던 것만큼 김철수의 영토는 크지 않은 것이다.

그래도 걱정은 여전했다.

민재의 영토만 해도 서울만큼이나 크다. 이 정도 크기만으로도 지구에서 쉽게 관측이 가능한데, 저것처럼 한반도만큼이나 크다면? 망원경이 아니라 일반인의 눈으로도 볼 수 있을 정도가 아닌가?

그그극.

영토가 갑자기 빨라졌다.

점점 빨라지더니 곧 거대한 영토와 가까워졌다.

그러더니, 파파팍!

괴이한 소음과 함께 허공 곳곳을 빛의 레이저가 덮어 나갔다.

전투 필드가 형성되고 있는 것이다.

"사라는?"

미냐세가 물었다.

그리고 보니 사라와 블랑스가 아직 소환되지 않고 있었다.

'이런!'

민재는 급히 사라에게 연락을 넣었다.

그 순간.

콰앙!

대기가 폭발했다.

'윽!'

몸이 뒤로 밀릴 정도로 엄청난 폭발이었다.

균형을 잡기 위해 자세를 낮추고 바닥을 단단히 디뎠다.

눈을 뜨고 나니 세상이 변해 있었다.

'필드가?'

대전 필드가 이미 형성된 후였다.

잠자고 있던 돌처럼 빛을 잃었던 넥서스는 어느새 기이한 빛을 발하고 있었고 돌탑이나 마찬가지였던 민재의 포탑엔 푸른빛이 횃불처럼 활활 타오르고 있었다. 신전마저 기하학적인 문양을 발하며 전투가 시작되었다는 것을 알리고 있었다.

'어떻게 된 거야?'

사라가 아직 오지 않았는데 전장이 시작되다니.

민재는 급히 메뉴창을 살폈다.

아군의 목록에 사라와 블랑스의 이름은 없었다.

'이럴 수가.'

"어떻게 된 것이오?"

비누엘이 물었다.

"모르겠습니다."

민재는 고개를 저었다.

사라는 전투가 시작되면 전장으로 소환될 것이라 말했다. 그런데 소환되지 않았다니. 그녀가 잘못 알았던 것일까?

'사라 없이 전투를 벌여야 하는 건가?'

그 생각이 들자 눈앞이 깜깜해졌다.

민재와 동료들의 힘은 강력하다.

하지만 김철수에 비하면 조족지혈. 사라와 블랑스가 있어도 이긴다는 보장이 없는데 그들 없이 싸운다? 이는 자살 행위나 마찬가지였다.

그때 뭔가가 뇌리를 스쳤다.

'설마 사라가 날?'

민재가 사라를 알게 된 것은 일주일도 채 되지 않는다.

반면 사라와 김철수는 6년 전부터 알고 있는 사이. 게다가 한때는 사귀었던 적도 있었다.

그런 둘이 짜고서 민재를 속였다면?

민재는 김철수와 싸우게 되고, 또 지고 말 것이다.

김철수는 민재는 물론이고 동료들의 능력까지 얻어 엄청나게 강해질 터.

호랑이가 날개를 단 것처럼 강해진 그는 더욱 손쉽게 지구를 지배할 수 있게 된다.

이를 위해 사라가 민재를 속였다면?

'제기랄!'

민재는 전체 채팅으로 소리쳤다.

"김철수!"

우우웅!

분노에 찬 외침에 공기가 덜덜 떨렸다.

동료들이 깜짝 놀라 민재에게서 떨어졌다.

미냐세만이 걱정 가득한 얼굴로 다가왔다. 지금 민재가 어떤 기분인지는 그녀만이 알고 있을 것이다.

그때였다.

"하하하하!"

갑자기 웃음소리가 들려왔다.

높은 음색의 목소리. 여성의 것이었다.

민재는 목소리의 주인이 누구인지 단번에 알아차렸다.

"사라!"

"맞아요. 나예요."

사라의 목소리에 웃음기가 가득했다.

"날 속였지?"

민재가 소리치자, 동료들이 경악한 표정을 지었다. 그들도 이제야 사태가 어떤지 감이 온 것이리라.

아군의 목록에 사라는 없다.

그런데 사라의 목소리가 들린다면 그 이유는 단 한 가지뿐.

사라가 적으로 이 전장에 참여했다는 것이다.

"미안해요. 속였네요."

"왜 김철수와 짜고 날 속인 거지?"

"오해가 있군요. 김철수는 이곳에 없어요."

"뭐야?"

"김철수가 내 원수라는 사실은 변함이 없어요. 제가 그를 막으려 한다는 점도 사실이죠. 내가 당신에게 말한 것들은 대부분 사실이에요. 단, 이번 대전의 상대가 나라는 점만 빼고요."

"대체 왜!"

소리침에 사라는 낄낄대면서 답했다.

"김철수는 내 손으로 죽이고 싶거든요."

"크으……."

민재는 주먹을 움켜쥐었다.

사라가 손수 김철수를 죽이려 한다?

그 말이 의미하는 바는 단순했다.

시즌 1의 생존자인 사라는 대전 능력이 없다.

하지만 이 대전에서 민재의 능력을 빼앗는다면 사라는 김철수에게 대전을 신청할 수 있게 된다. 더불어 민재와 동료들의 능력도 얻어 힘까지 커지게 된다.

사라는 그것을 위해 민재를 속인 것이다.

'제기랄.'

불안하긴 했다.

그래서 준비를 철저히 한 민재였다. 그런데도 일이 이렇게 되다니.

분명히 사라와는 같은 팀을 구성했고 대전 신청도 김철수에게 넣었다. 그런데 일이 이렇게 되다니.

"시스템 교란?"

민재는 자신의 상태창을 살폈다.

레드 바론이라는 이름으로 바뀌었던 이름이 어느새 이민재로 되돌아와 있었다.

"맞아요. 제가 조금 혼란을 주었죠."

"이름을 바꿀 때 무슨 짓을 했지?"

"하하하. 조금 손을 보았어요. 레드 바론이 김철수에게 대전을 신청하면 실제로는 이민재가 사라 크로포드에게 하도록요. 재미있죠?"

사라가 킬킬 웃었다.

민재는 피가 식는 기분이었다.

"내 능력을 빼앗아 김철수를 죽이고 나면 무엇을 할 셈이지?"

"나는 김철수 같은 변태가 아니에요. 조용히 살고 싶을 뿐이죠. 아! 물론 한 가지를 한 다음에 말이죠."

"……신을 죽일 작정이군."

"그래요. 김철수도 그렇지만 나도 그 새끼를 죽이고 싶거든요."

"죽여 버릴 거야!"

블랑스의 목소리까지 들렸다.

역시나 블랑스도 적으로 이 전장에 참여해 있었다.

그는 미친놈처럼 연이어 괴성을 질러 댔다. 전장을 만든 신을 욕하고 김철수를 욕했다.

"미쳤군."

"몰랐어요? 시즌 1은 미치지 않고선 살아남을 수 없는 곳이라고 말했잖아요. 깔깔깔."

사라가 미친년처럼 웃었다.

민재는 화가 치밀어 올랐다.

하지만 도가 넘어서니 오히려 마음이 차분해졌다. 그러자 해야 할 일이 먼저 떠올랐다.

이렇게 된 마당에 민재가 할 일은 하나뿐이지 않은가?

"밟아 주마, 사라 크로포드."

민재는 전체 채팅을 종료해 버렸다.

이미 상대해야 할 적은 명확해졌다. 불필요한 대화 보단 전장을 살피는 게 우선이었다.

민재는 전투맵을 빠르게 훑어보았다.

전장은 거대했다.

사라와 민재의 영토에 비하면 작은 크기였지만, 지금까지 민재가 경험했던 전장에 비하면 엄청나게 컸다.

랭크 게임으로 형성되는 전장보다 족히 열 배 이상.

수백 명이 참여했던 지난번 화산이나 심해 필드 같은 일반 게임보다도 더 큰 필드가 어두운 밤하늘 아래 형성되어 있었다.

그런 필드는 유리처럼 투명했다.

특히 미니언의 진격로는 바닥 아래가 훤히 내려다보이는 재질로만 이루어져 있었다.

거대한 유리판의 연속인 이 진격로엔 둔탁한 디자인의 무쇠 가드레일이 있어 우주 공간과 경계를 구분 지었다.

이것으로 이동이 가능한 지역과 불가능한 지역이 구분되는 것이리라.

진격로 사이에 있는 정글 지역엔 커다란 무쇠 섬이 즐비했다.

투박하고 녹슬어 있어 더욱 황량해 보이는 철 구조물이 연결된 섬 같은 상태로 우주 공간에 둥둥 떠 있는 것이다.

배치는 일반적인 전장이나 다름없었다.

그러나 다른 것이 있었다.

'저건?'

처음 보는 건물이 정글 지역에 띄엄띄엄 보였다.

네모나거나 세모난 것들은 빌딩처럼 크고 높았다. 색깔이 온통 회색빛인데다 창문조차 없어서 단순한 지형지물에 불과한 것 같았다.

하지만 미니맵을 보니 차이가 확연했다.

바로 표식이었다.

'뭐지 대체?'

미니맵에 표시된다는 것은 저것이 전장에서 전투적인 기능을 한다는 뜻이다.

그것이 어떤 것인지는 아직 알 수 없으나, 저런 것들이 중립 지역인 정글에 있다는 사실은 아군, 적군을 가리지 않고 저 건물을 이용할 수 있다는 의미일 것이다.

'일반 게임도 아니고 그냥 대전 게임인데, 저런 것이 있다니.'

다른 점은 그것만이 아니었다.

본진이 달랐다.

일단 양 진형의 본진이 영토의 일부분이라는 점은 같았다.

민재 쪽은 물론이고 사라 측 역시 이계의 마법 공학으로 만들어진 듯한 석조 구조물이었다.

높고 두꺼운 성벽 안에 넥서스와 포탑 같은 구조물들이 크고 강인한 모습으로 서 있었다.

다른 점은 본진의 규모였다.

'사라 쪽이 압도적으로 커.'

서로가 가진 영토의 크기만큼이나 차이가 났다.

민재의 것도 컸지만, 그보다 사라 쪽이 수십 배 이상 더 컸다.

그뿐만 아니라 사라의 본진엔 정체를 알 수 없는 건물이 보였다.

아직 시야가 확보된 상황이 아니라 희뿌옇게 보일 뿐이지만 미니맵에 표식이 있는 것으로 보아 저것들은 전투 기능을 가졌을 것이다.

민재의 본진엔 저런 것이 없다.

그런데 사라에겐 있으니, 아마도 시즌 1에서 쓰였던 전투 건물이 아닐까 싶었다.

'제길. 모르는 것투성이군.'

지금까지 겪은 전장과 너무 달랐다.

그보다 민재를 당황하게 만든 것은 사라의 넥서스였다.

'넥서스가 2개라니.'

넥서스가 하나라는 것은 상식.

파괴되는 순간 패배하고 말기 때문에 전장에서 가장 중요한 건물이라고 할 수 있었다.

그런 넥서스가 적 측 본진에 2개나 있는 것이다.

'어째서지? 사라의 것과 블랑스의 것인가?'

적은 단둘.

사라와 블랑스뿐이었다.

그러니 하나는 사라의 넥서스일 것이고, 다른 하나는 블랑스의 것이리라.

그런 추측이 가능한 이유는 넥서스 중 하나가 눈에 익은 모양새였기 때문이었다.

사라의 영토에 갔을 때 보았던 첨탑.

시즌 1의 챔피언이 되고 나서 받은 특수한 건물과 넥서스는 판박이처럼 모양이 똑같았다.

'이기려면 두 개 모두를 파괴해야 하는 거 아냐?'

넥서스를 부수기는 쉽다.

포탑의 화력과 방어력에 비하면 넥서스는 허약한 건물에 불과하다.

그렇다고 쳐도 넥서스를 두 개나 부숴야 한다는 점은 부담이 될 수밖에 없다. 본진이 무너지는데 적이 두 손 놓고 구경만 할 리가 없으니 말이다.

하나 이 역시 추측일 뿐.

'정보가 너무 부족해. 부딪쳐 보는 수밖에 없겠는데.'

그런 생각을 하고 있자 시스템 음성이 들려왔다.

[미니언이 곧 생성됩니다.]

'이러고 있을 때가 아니군.'

"전진하겠습니다. 일단 미리 연습한 장소로 이동하세요."

민재는 동료들을 보며 말했다.

"좋소. 틀어졌지만 해봅시다!"

비누엘이 소리쳤다.

다른 동료들 역시 무기를 거머쥐고 전의를 다졌다.

하나 모두가 그런 것은 아니었다.
“우리는 포기하겠습니다.”
붉은 머리 여성이 말했다.
“포기라니요?”
민재가 묻자 그녀는 고개를 저었다.
“시작부터 어긋났습니다. 후퇴도 병법. 적의 계략에 말려든 채 적이 원하는 대로 싸울 수밖에 없다면, 그 전투는 이미 진 것이나 다름없습니다.”
불안한 표정을 하고 있는 자는 붉은 머리 여성만이 아니었다. 그녀의 동료는 물론이고 수중 생물들마저 심각한 얼굴을 하고 있었다.
거북이가 대표로 말했다.
“나 역시 이탈하겠다. 랭크 게임도 아니고 대전이 아닌가? 노련한 상인은 예견된 손해를 피하는 법이지.”
“너도?”
민재는 숨을 내쉬었다.
이들 용병을 고용할 때 이탈 시 불이익을 설정하지 않았다. 이기기 위해 그들을 고용하긴 했으나 피해를 주긴 싫어서였다.
어려운 상황이니만큼 전투 참여는 그들 스스로 의지에 맡긴 것이다.
그래도 돕겠다고 약속까지 했는데 이렇게 어겨 버리다니.

유저만 10명이었다.

지금 전력으로도 사라를 이길 수 있을지 장담할 수 없는데, 이들이 빠지게 되면?

민재는 화가 났다.

"동료로 받아 달라고 할 땐 언제고? 앞으로 있을 전장에선 힘을 합치지 않으면 살아남을 수 없다고 말한 건 너잖아?"

소리치자 거북이가 급히 뒤로 물러섰다.

"전장의 끝 따위! 그전에 죽으면 무슨 소용인가!"

거북이는 수중 생물들 틈 사이로 들어가더니 외쳤다.

"이탈!"

파아악!

거북이의 몸에서 빛이 나더니 시스템 음성이 들려왔다.

[호그다 님이 전장에서 이탈하였습니다.]

"우, 우리도 가겠소. 건투를 비오."

파파팡!

수중 생물들이 하나둘씩 전장을 이탈했다.

곧 붉은 머리 여성과 그 일행마저도 빛무리와 함께 사라져 버렸다.

"저런 망할 놈들!"

마수 몇이 분노해 소리쳤지만, 이미 늦어 버렸다.

유저가 10명이나 빠져 버린 것이다.

"제기랄……."

민재는 창으로 바닥을 내려쳤다.

쾅!

손이 부르르 떨렸다.

계획이 어긋난 것까지는 커버할 자신이 있었다.

사라가 아무리 강하다고 한들 이쪽은 수가 월등하니 승산이 있었다.

그런데 이렇게 아군의 수가 줄어 버리면 승률은 암담할 정도로 낮아진다.

"민재……."

미냐세가 다가와 손목을 잡았다.

그래도 민재의 마음은 나아지지 않았다.

머릿속으로 이미 계산이 끝난 상태였다.

이 전장에서 지게 될 것이라고. 능력은 물론이고 목숨마저 잃게 될 것이라고.

그때 우르자가 다가왔다.

"은인이시여. 승리는 추구하는 자의 것입니다."

"무슨…… 말입니까?"

기분이 참담했지만 되물었다.

우르자가 대답하기도 전에 마수가 소리쳤다.

"마왕도 이긴 그대가 아닌가? 노란 계집쯤이야 이 몸이 처리해 주지!"

비누엘도 다가왔다.

"나는 이민재 당신을 믿소. 그대를 빛나게 하는 것은 개인의 강함이 아니라고 생각하오. 게다가 우리가 있지 않소?"

"……."

민재는 허리를 폈다.

그리고 동료들을 둘러보았다.

이미 익숙해질 대로 익숙해진 얼굴들. 가족만큼이나 가까워진 자들이 만면에 미소를 띠고 있었다.

그들이라고 죽음이 두렵지 않을까?

돌이킬 수 없는 상황이 왔다는 것도, 승산이 없다는 사실도 알고 있을 것이다. 해답은 그래도 맞서는 것뿐이라는 점 역시.

"후우."

민재는 창을 거머쥐었다.

이 모든 상황이 사라의 계획이라면? 이길 가능성은 희박하다.

그래도 싸워야 한다.

대전의 주최자인 민재는 전장에서 이탈할 수 없다. 동료들에게 이탈을 권유해 봤자 듣지도 않을 것이다.

자신만이 아니라 그들을 위해서라도 이겨야 했다.

질 확률이 너무 크다고?

그러면 이길 방법을 찾으면 된다. 지금까지 그래 왔지 않은가?

[미니언 생성까지 30초 남았습니다.]

민재는 웃었다.

"차라리 잘됐군요."

이탈한 용병들과는 수련 시간이 짧았다. 그랬기에 민재가 원하는 만큼 전장에서 유기적으로 움직일 수 없었다.

이번 전장은 미지의 요소가 많은 만큼 초반엔 탐사 위주로 전략을 구성해야 하니, 차라리 인원이 줄어든 지금이 훨씬 효율적일지 모른다.

"이동하겠습니다."

"좋아! 이기자!"

동물들이 호기롭게 소리쳤다.

말을 못 하는 샤나와 정령도 팔을 위로 들었고, 과묵하고 퉁명스러운 팍살라마저 꼬리를 휘저었다.

"포지션은 지난 전장과 동일합니다."

"마왕과 싸울 때처럼 말이군."

마수들이 흩어졌다.

통가는 정글로, 나머지 마수 여섯은 둘씩 진격로로 방향을 잡았다.

탑라인엔 체게게와 여우, 미드라인엔 우르자와 고블린, 봇라인엔 미냐세와 비누엘이, 정글엔 민재와 샤나, 양과 토끼였다.

프리 미니언은 각 유저를 따랐다.

전력으로 따지면 정글 팀이 가장 강력했다. 수도 가장 많았고 샤나의 버프를 받은 민재와 팍살라가 있는 만큼 개인의 전투력 역시 높은 것이다.

"가라!"

민재는 정찰용 프리 미니언을 뿌렸다.

삐약!

노란 퍼스파들이 날아올라 사방으로 흩어졌다.

적의 접근을 파악하려는 의도도 있었지만, 그보다 더 중점을 둔 것은 정글에 있는 정체불명의 시설물이었다.

일단 정찰을 보내 시설물이 어떤 것인지부터 파악해야 이후의 전투가 수월해질 테니 말이다.

민재는 정글 팀을 북쪽으로 이동시켰다.

"저곳부터 시작하죠."

중립 몬스터가 생성되면 가장 끝단부터 시작해 남쪽으로 사냥해 나간다. 변수가 없는 한 레벨부터 올리려는 것이다.

이동하고 있으니.

"아……."

토끼와 샤나가 몸을 부르르 떨었다. 아래쪽을 본 것이다.

민재도 밑을 내려다보았다.
진격로 바닥이 투명해 그 아래로 푸른 지구가 훤히 보였다.
까마득한 허공 위를 걷는 기분이었다.
이곳은 전장일진대, 저 아래 어딘가엔 민재가 살고 있는 원룸이 있다니.
[걸어서 이동하다니. 역시 멍청하군. 아직도 눈치 못 챈 것인가?]
팍살라가 말했다.
목소리에 웃음기가 스며 있었다. 비웃음이라기보다는 농담에 가까웠다.
무시해도 좋겠지만, 헛소리할 팍살라가 아니기에 물었다.
"뭐가?"
[이곳, 현실과 마찬가지다.]
"현실이라니?"
그때였다.
[미니언이 생성되었습니다.]
시스템 음성이 귀를 울렸다.
전장이 본격적으로 시작되었다는 메시지나 다름없는 음성.
이 소리가 들리면 아군 넥서스 주변에서 미니언이 출현

하게 된다.

민재에겐 익숙해질 만큼 익숙해진 절차였다.

여기서 조금만 더 시간을 보내면 진격로에서 양군의 미니언이 만나 전투를 벌이게 되고 그에 맞춰 유저 간의 싸움도 시작된다.

한데 이변이 생겼다.

'미니언이?'

미니맵을 살피고 있던 민재였다.

그래서 단번에 알 수 있었다.

미드 라인의 아군 포탑 주변에 적이 나타난 것이다.

적군 미니언.

표식은 프리 미니언이었으나, 수가 엄청났다.

까맣게. 포탑으로 확보되는 시야를 가득히 덮을 정도로 많았다.

"뭐야, 저것들은?"

토끼와 양이 깜짝 놀라 소리쳤다.

"미, 민재!"

미드 라인에서 고블린이 소리쳤다.

우르자도 뒷걸음질을 쳤다.

여간한 일로는 꿈쩍도 하지 않는 그녀였으나 개미 떼처럼 몰려드는 미니언은 몸서리가 날 정도로 어마어마했다.

인간을 닮은 모습의 적군 프리 미니언들은 돌격해 오며

소리 질렀다.

"으아아아!"

도끼에 창, 심지어 돌멩이까지.

옷은 엉망이었고 전투력마저 한심할 정도였다. 하지만 그들은 광전사 같았다.

찌잉!

포탑이 빛을 뿜자 적군 미니언 하나가 나뒹굴었다.

최종 단계까지 업그레이드한 포탑의 공격 한 방에 죽어버린 것이다.

하지만 포탑의 공격은 한 번에 하나의 타겟만 공격할 수 있었다.

적의 수는 포탑의 공격 속도에 비할 바가 아니었다. 죽음을 도외시하고 들이닥치더니 포탑에 달려들었다.

'인해전술?'

바로 그 생각이 떠올랐다.

아직 아군 미니언이 본진을 벗어나지도 못한 시점이다.

이런 초반에 개떼 공격이라니.

허를 찌른 공격이긴 했으나 효율이 별로였다.

민재의 포탑은 최종 단계. 방어력마저도 강하기에 저들의 공격으로 결코 무너뜨릴 수 없다.

게다가 범위 공격에 능한 우르자와 고블린이 포탑을 지키고 있지 않은가.

한데 그런 계산은 단번에 무너졌다.

"저것은?"

"크, 크다!"

미드 라인에서 들려온 경악성이었다.

민재 역시 경악했다.

미니맵에 새로이 나타난 것은 상식을 벗어나고 있었다.

'로봇?'

곳곳이 찌그러 들고 녹 같은 것이 덕지덕지 묻어 있었다.

투박할 정도로 단순한 디자인이었으나 금속질의 거체는 상상 이상의 크기였다.

포탑보다 더 크다. 심지어 팍살라보다도 더 컸다.

전장에서 가장 큰 건물인 넥서스만큼이나 되었다. 몸체가 웬만한 고층 빌딩에 맞먹을 정도였다.

포탑이 음료수 캔처럼 보일 지경이었다.

미니맵으로 봐도 압박감이 엄청난데 저것을 두 눈으로 직접 보고 있는 고블린과 우르자는 얼마나 압박이 심할까.

'설마 유물이란 게…….'

사라의 영토에 갔을 때 저런 것은 없었다.

중세 시대나 다름없는 영토에 저런 기계가 있을 리가 없지 않은가.

그러니 저것은 블랑스의 것이 분명했다.
잊혀져 버린 시대의 전투 기계. 아마 고장이 나서 긴 시간 동안 버려진 채 방치되었을 것이다.
그런 유물을 움직일 수 있게 만든 것은 블랑스가 받은 시설 덕분일 터.
'융합 능력이라고?'
"죽여 버리겠다!"
블랑스의 목소리가 들렸다.
동시에 거체가 발을 뻗었다.
키이익!
금속 긁히는 소리가 진동하며 거대 로봇이 성큼 걸었다.
크기가 큰 만큼 이동 거리도 예상을 초월했다.
시야에 나타난 것이 조금 전.
거기서 한 발을 더 디뎠을 뿐인데 포탑 인근까지 이동해 버렸다.
쿠웅!
거대한 발이 바닥을 디디며 적군 미니언 수십을 뭉개 버렸다.
아군의 희생에 아랑곳하지 않은 채 로봇이 팔을 뻗었다.
"카아악!"
고블린과 우르자가 즉시 포탑에서 벗어났다.
그 순간 로봇의 팔이 빛을 뿜었다.

화아악!

레이저는 아니었다.

플라즈마처럼 보였지만 방사형으로 뻗는 공격은 불길을 닮아 있었다.

그 공격에 포탑의 체력이 쭉쭉 닳았다. 크기만큼이나 공격력이 강한 것이다.

이 순간에도 포탑은 로봇을 공격하지 않았다.

그보다 더 가까운 거리의 미니언만 공격할 뿐.

우르자와 고블린이 공격을 멈추지 않았지만 로봇 근처로는 가지 못했다. 미니언 떼가 달려드니 후퇴하며 마법을 난사할 수밖에 없었다.

'젠장!'

이대로는 공격력이 낮은 적군 미니언만 피해를 입는다. 공격력이 강한 로봇에게는 피해를 줄 수 없었다.

"정글은 포기합니다! 바로 미드라인으로!"

시간이 촉박했다. 아군 미니언이 포탑 인근까지 가기도 전에 포탑이 무너져 버릴 것 같았다.

민재가 뛰자 동료들도 뛰었다.

최대의 속력을 내보았지만 역부족.

포탑이 무너진 후에나 도착할 수 있으리라.

"팍살라!"

민재가 소리쳤다.

포탑이 무너지는 것을 방치하느니 팍살라의 비행 능력을 지금 써먹는 것이 나았다.

[타라.]

팍살라가 풀쩍 뛰어 앞에 내려앉았다. 그리곤 등을 굽혔다.

민재는 단번에 땅을 박차 팍살라의 등 위에 올라섰다. 동료들도 올라서자 외쳤다.

"날아!"

콰앙!

거대한 다리가 바닥을 치며 팍살라가 날아올랐다.

머리가 뒤로 쏠릴 정도로 엄청난 가속력.

비행 속도는 매우 빨랐다.

하나 전장이 너무 컸다. 미드라인까지 가는 시간이 길게만 느껴졌다.

로봇은 불길을 멈추지 않았다. 한 번 사용하면 지속적으로 데미지를 줄 수 있는 무기가 분명했다.

민재는 초조해졌다.

포탑이 무너지기 전까지 미드라인에 도착할 수 있을까? 그보다 팍살라의 비행거리가 충분할지 걱정이었다.

그리고 더 암담한 사실은 로봇이 강하다는 것.

1레벨 체력이 2만에 달할 정도였다. 블랑스와 융합한 상태였기에 아이템까지 착용하고 있었다. 그러니 방어력도 막강했다. 저것을 잡으려면 숱한 희생이 있어야 하리라.
[초조해할 필요는 없다. 내가 다 처리해 주지.]
팍살라가 킬킬댔다.
"아까부터 무슨 말이야?"
[이곳이 현실과 마찬가지라고 말했을 텐데?]
"아!"
그제야 감이 왔다.
"아날로그!"
시즌 2의 전장은 디지털적이었다.
스치는 공격도 온전히 데미지를 줄 수 있다. 반면 공격 속도라는 법칙에 따라 일정한 간격을 두고 하는 공격만 먹힌다.
막는 것? 소용없다. 막는 것마저 스치는 범주에 들어가 데미지 계산이 된다.
현실은 이와 달랐다.
스치면 스치는 대로. 피하면 피하는 대로.
실제의 싸움처럼 공격의 강약까지 조절이 가능했다.
팍살라는?
민재가 영토에서 맞붙어도 이길 수 없었던 그였다.
대단히 강력하지만, 전장에서의 능력은 제한된다. 드래곤이라는 막강한 생물이 전장의 법칙에 짓눌려 제힘을 발휘하지 못하는 것이다.

브레스도 사용 제한이 있고 특기인 비행마저 자유롭지 못하다.

하지만 이 전장은 시즌 1의 영토를 가진 사라와의 대전.

전장 법칙이 뒤섞인 공간이라면 팍살라가 온전한 힘을 발휘할 수도 있다.

그렇게 된다면?

'승산이 있어!'

[그렇지.]

팍살라가 웃었다.

그러곤 날개를 접었다.

그러자, 파아앙!

속도가 급격히 빨라졌다.

단번에 미드라인까지 질주한 팍살라는 날개를 폈다.

포탑 바로 옆에서 급정지. 동시에 그는 입을 벌렸다.

화아악!

붉고 거대한 불줄기가 시야를 덮었다.

팍살라의 강력한 브레스 공격이 온전한 힘으로 발휘된 것이다.

"크아악!"

블랑스의 비명이 들렸다.

그와 함께 쿵쾅거리는 소음이 땅거죽을 뒤흔들었다. 거대 로봇이 뒷걸음질을 친 여파였다.

"잘했어!"

민재는 즉시 달렸다.

팍살라의 등을 단숨에 지나 기다란 목을 밟고 머리까지 밟았다. 그리곤 점프!

몸을 뒤로 젖히며 팔까지 뒤로 뻗었다.

움찔!

목에 매달린 고양이 스킨의 샤나가 몸을 떨었다.

바로 눈앞에 화끈거릴 정도로 엄청난 불길이 버젓이 있는데, 민재가 그곳으로 쇄도해 나가고 있기 때문이었다.

불길이 곧 꺼져 버렸다.

슈르륵.

멎음과 동시에 시커멓게 그을린 로봇이 드러났다.

민재는 창을 뻗었다.

"강탈!"

쾅!

폭음이 터졌다.

하지만 로봇은 휘청거리지도 않았다.

육중한 무게에 비하면 민재의 공격은 보잘것없는 것이다.

그래도 데미지는 제대로 먹혀들어 갔다. 더불어 아이템 강탈 스킬로 공격 아이템까지 얻게 되었다.

'바로 연타를!'

민재는 로봇에 올라선 후 점프해 위로 올랐다.
어디가 조종석인지는 알 수 없었으나 평평하고 높은 곳에서 움직이기 위해서였다.
그러면서도 공격을 멈추지 않았다.
콰콰!
연이어 창격을 날렸다.
그제야 팍살라에서 내려선 동료들이 로봇을 공격하기 시작했다.
뒤로 물러섰던 고블린과 우르자도 가세했다.
팍살라의 브레스에 맞은 적 미니언이 대부분 죽어 버린 상황이라 거칠 것이 없었다.
"뭐야, 이 도마뱀은!"
블랑스가 소리를 질렀다.
팍살라의 브레스에 놀란 것이 분명했다.
순간적으로 공격이 멈춘 틈을 타 팍살라가 움직였다.
[감히 깡통 주제에! 뚜껑을 따 주마!]
콰득!
그는 재빨리 로봇의 등 뒤로 돌아가더니 날카로운 이빨로 팔을 물어 버렸다.
민재는 로봇의 최상부로 뛰어올랐다.
탁!
유선형으로 생긴 몸체지만 몸통의 최상부는 갑판처럼 생

긴 모습이었다.
그곳에 볼록 튀어나와 있는 것이 조종실이리라.
민재는 그곳으로 달려갔다.
다다닥!
전투마처럼 질주하며 마상용 장창을 들어 올리는 찰나.
"놀랍군요, 하하하하!"
사라의 목소리가 들리며 앞에 시커먼 뭔가가 나타났다.
"큭!"
민재는 급히 제동을 걸었다. 동시에 창을 뻗자.
쾅!
창끝에 뭔가가 닿으며 굉음이 대기를 찢어발겼다.
급히 물러서며 확인하니, 사라가 눈앞에 서 있었다.
마술사 모자를 머리에 쓰고 검은색 정장에 지팡이까지. 처음 보는 옷차림이었다.
저것이 전투 복장인 것일까?
그녀는 삐딱하게 선 채 웃고 있었다.
"저렇게 강한 드래곤이 하인이라니. 어떻게 만들었죠?"
"어디서 나타난 거지?"
"원래 여기 있었어요."
"은신!"
소리치는 순간 로봇이 움직였다.
몸체를 휙 돌려 팍살라를 공격한 것이다.

민재는 균형을 잃고 떨어질 뻔했으나 간신히 갑판에 난 요철을 잡고 버텼다.
반면 사라는 미동도 없었다. 발바닥이 용접되기라도 한 것인지 로봇의 움직임에 전혀 영향을 받지 않는 것이다.
'뭐지? 저것도 시스템 교란인가? 아니면 스킬?'
사라는 자신이 어떤 스킬을 가졌는지 말해 주지 않았다. 알기 싫어도 전장에 가면 알게 될 것이라는 이유로 말이다.
그래서 민재는 사라와의 전투가 어떤 방식으로 이루어질지 예측할 수 없었다.
이는 사라 역시 마찬가지일 것이다.
민재 역시 자신의 스킬 등 전투 정보를 제한했기 때문이다.
그렇다곤 해도.
'공격이 먹히지 않아?'
조금 전 민재는 창으로 사라를 공격했었다.
그런데 상태창으로 보이는 사라의 체력은 변함이 없었다. 전혀 공격받지 않은 것처럼 체력이 최고치로 차올라 있는 것이다.
'공격 무효화 스킬? 아니면 저것마저 교란?'
사라가 가진 능력을 알 수 없으니 혼란만 가중되었다.
"음……."
사라는 손가락을 입에 대고 고민하는 척하더니 곧 화사

하게 웃었다.

"뭐, 대답 안 해도 좋아요. 곧 내 것이 될 테니까."

"하아압!"

민재는 사라에게 달려들었다.

사라는 전혀 움직이지 않았다. 자신만만한 얼굴로 민재를 빤히 보고만 있었다.

빠르게 두 사람의 거리가 좁혀졌다.

창끝은 그녀의 심장을 노렸다. 간격이 줄어드는 만큼 서로의 눈이 가까워지자, 그녀가 말했다.

"나를 이길 수 있을 것 같아요?"

그녀의 입꼬리가 올라가는 순간, 창끝이 가슴을 찔렀다.

"탈취!"

푸욱!

창이 깊게 박혀 들었다. 동시에 푹신한 것을 찌르는 감촉이 느껴졌다.

사라의 얼굴이 단번에 고통으로 일그러졌다. 치명타였다.

한데, 민재는 좋지 않은 예감이 들었다.

이렇게나 쉽게 치명타를 허용할 사라가 아니지 않은가?

민재는 급히 창을 놓고 바닥을 굴렀다.

그 순간.

쿠앙!

민재가 있었던 자리가 폭발하며 시퍼런 불기둥이 위로 치솟았다.

민재는 급히 몸을 가누곤 돌아섰다.

불길은 이미 사라진 상태였다. 대신 엉망으로 타 버린 사라의 시체가 쓰러지고 있었다.

체력이 완전히 고갈되어 숯이나 다름없었다.

'사망?'

민재는 고개를 저었다.

사라가 자살할 리는 없었다. 게다가 시스템 음성조차 들리지 않았다.

즉, 사라는 죽지 않은 것이다.

'속임수를!'

민재는 급히 바닥의 창을 집었다. 그리곤 주변을 살피며 스킬창을 확인했다.

'탈취 스킬이 무효가 되었어.'

스킬은 분명 사용되었다. 재사용을 위해 대기 타이머가 돌아가고 있었다.

그런데 사라에게 빼앗은 능력치가 없었다. 스킬을 사용했으나 성공하지 못한 것이다.

지금껏 스킬을 사용하고 실패한 사례가 없었다.

민재는 초조해졌다.

그때, 쉬익!

앞쪽의 공기가 일그러지더니 사라가 나타났다.
그녀는 상처 하나 없는 상태였다.
만면에 여유로운 미소까지 띠고 있는 그녀는 어깨를 한 번 들썩했다.
"근접 스킬이 둘. 그중 하나는 아이템을 훔치는 능력이군요."
블랑스의 아이템을 훔친 것을 본 모양이었다.
"이제 두 개 남았네요. 궁극기 한 개랑."
사라가 손가락을 접었다.
그녀는 공격에 앞서 민재가 가진 스킬부터 파악하려는 것이 분명했다.
의도는 좋았으나, 스킬 파악은 민재가 한 수 앞서고 있었다.
"넌 은신 스킬에 분신을 만들어 내는 스킬, 화염 마법까지 총 셋이군."
"깔깔깔, 정답이에요! 내가 하나 지고 있네요!"
사라가 배를 잡고 웃었다.
민재는 창을 겨눈 채 천천히 사라에게 접근했다.
"저런 잡스러운 스킬쯤이야…… 궁극기만 조심하면 되겠군."
말하며 사라를 살폈다.
자신 있게 말했지만, 이는 상대방을 떠보려는 의도가 컸다. 고급 아이템 중에 화염 마법을 사용할 수 있는 것도 존재하니, 사라의 진짜 스킬은 전혀 다른 것일 수도 있었다.

"그런데 어쩌나."

사라가 굽혔던 허리를 폈다.

얼굴에 눈물까지 찔끔 흘린 채 그녀는 다시 낄낄대며 웃었다.

"스킬이 100개도 넘는데."

'뭐?'

"내 능력으론 스킬 등록 정보쯤이야 언제든지 바꿔 버릴 수 있다는 말씀."

'뭐얏?'

민재는 황당했다.

민재가 영토의 도서관에 많은 스킬을 보유하고 있듯, 사라 역시 영토에 수많은 스킬을 보유하고 있을 것이다.

전장에선 그것 중 몇 개만을 등록해 사용할 수 있다.

한데 시스템 교란을 이용해 등록 정보를 바꿔 버리면?

'영토에 있는 모든 스킬을 사용할 수 있게 되겠군.'

이건 진짜 사기였다.

100가지도 넘는 스킬을 사용할 수 있는 자의 행동을 예측할 수 있을까?

이것뿐이라면 다행이겠지만, 사라가 가진 능력은 이것이 끝이 아니었다.

"골라 먹는 재미!"

촤르륵!

사라가 품에서 트럼프 카드를 꺼내 펼쳤다.

하트, 다이아, 스페이드, 칼을 든 여왕과, 낫을 들고 있는 조커. 그리고 난잡할 정도로 괴이하게 그려진 숫자들.

"자아, 이민재 씨."

사라는 번들거리는 눈빛으로 물었다.

"어떤 스킬로 먼저 죽고 싶어요?"

'제기랄!'

민재는 급히 뒤로 물러섰다.

어떤 스킬을 사용할지도 모르는 자와 정면 대결은 무리수다. 일단 거리를 두고 대응법을 분석해 내는 것이 먼저였다.

다닷!

빠른 움직임으로 물러섰으나, 사라 역시 가만히 있지는 않았다.

"소용없어요."

사라는 들고 있던 카드를 던졌다.

수십 장의 카드가 표창처럼 회전하며 쇄도해 왔다.

저것이 단순한 카드 날리기일 리는 없다.

보기엔 그저 종이로 만든 카드가 날아오는 것이지만, 실제로는 스킬의 힘이 더해진 마법 공격일 가능성이 컸다.

'윽!'

민재는 급히 허리를 숙였다.

카드가 화살처럼 빠른데다 부챗살처럼 넓게 날아들어 피하기가 힘들어서였다.

휘휘휙!

숙인 머리 위로 칼날 같은 바람 소리가 지나가는 찰나.

파팍!

"피해도 소용없어요."

갑자기 바로 앞에 사라의 다리가 나타났다.

뛰어서도 1초 이상 걸리는 거리를 순식간에 이동한 것이다.

'점멸?'

사라의 순간 이동이 유저 스킬인지 다른 스킬의 효과인지 분간할 겨를이 없었다.

민재는 허리를 튕기듯 폄과 동시에 창을 내질렀다.

그 순간.

콰과광!

발밑에서 갑자기 폭탄이라도 터진 것처럼 뭔가가 터져버렸다.

민재는 대응할 겨를도 없이 폭발에 직격당했다.

"큭!"

공격이 무효가 되며 민재의 몸이 허공으로 치솟았다.

몸이 솟아오르는 와중에도 중심을 잡을 수 없었다. 갑작스러운 공격 때문만이 아니라 폭발에 몸을 구속하는 어떤 힘이 깃든 모양이었다.

아마도 C.C(Crowd control)인 것 같았다.

순간적으로 움직임에 제한을 받게 되는 스킬이라 이런 공격에 한 번 당하고 나면 후속타를 피할 수 없게 된다.

몸이 회전하는 가운데 로봇의 위에서 사라가 없어졌다는 사실을 발견했다.

사라가 새로이 나타난 곳은 바닥.

민재가 착지할 장소였다.

몸이 두 번이나 회전한 후에야 민재는 로봇의 등판에서 멀리 떨어져 버렸다는 사실을 깨달았다.

착지점은 미드라인의 한가운데.

스읏.

그녀는 지팡이를 이쪽으로 겨누고 있었다.

곧, 지팡이에서 빛이 터지며 뭔가가 쏘아졌다.

파앙!

보랏빛 운무가 자욱한 것이, 그냥 보기에도 단순한 공격이 아니었다.

아마 이번에도 C.C일 터.

저것에 맞으면 다음 후속타까지 또 허용할 수밖에 없고, 사라는 다음 공격에도 C.C 기술을 사용할 것이다.

그런 식으로 계속 공격이 들어온다면?

민재는 제대로 피하지도 못하고 연속으로 얻어맞다 죽어버리게 되지 않을까.

하나, 이런 논리는 시즌 2에서나 통하는 법.

지금 민재가 있는 전장은 규칙에 맞게 딱딱 떨어지는 곳이 아니었다.

꽉!

민재는 반사적으로 움직였다.

C.C 기술에 맞아 몸이 제멋대로 회전하고 있는 상황이지만, 그것을 이용해 사라의 스킬을 막아 보려는 것이다.

휘이익!

민재는 몸이 회전하는 힘을 거스르지 않았다.

대신 쥐고 있는 창에 힘을 주어 야구방망이 휘두르듯 강하게 휘둘렀다.

그러자.

파앙!

창대가 사라의 공격 스킬을 쳐 냈다.

궤적이 흐트러진 보라색 운무는 가까스로 민재의 몸을 스치듯 지나가고 말았다.

"호오!"

후속타를 사용하려던 사라가 눈을 동그랗게 떴다.

민재가 공격을 튕겨 낼 줄은 예상치 못했으리라.

잠깐의 그 시간을 민재는 놓치지 않았다.
탁!
바닥에 내려섬과 동시에 민재는 움직였다.
도망치지는 않았다.
돌격하기 시작한 것이다.
'공격을!'
이성적으로는 거리를 두어야 했다. 시간이 걸리더라도 차근차근 상대의 패턴을 분석해야 마땅하다.
하나 전장에서 단련된 민재의 본능은 돌격을 명령했다.
사라가 놀라 몸을 멈춘 이 잠깐의 순간을 놓쳐선 안 된다고 말하고 있었다.
슈아악!
창을 찔러 나가자.
"제법이군요, 하지만!"
사라가 지팡이를 다시 휘둘렀다.
차차차창!
이번에는 바닥에서 고드름 수십 가닥이 치솟았다. 민재의 돌격을 방어하면서 동시에 공격까지 노린 수였다.
민재는 돌격을 멈추지 않았다.
그러며 시스템창에서 초보자용 방패를 꺼내 앞을 막았다.
콰앙!

방패를 쥔 손에 시큰한 통증이 전해졌다.

그 뒤 바로 오른손에 감각이 느껴졌다. 얼음 조각 때문에 눈을 감았기에 앞이 보이지는 않았으나 공격이 명중한 것이 틀림없었다.

푸욱!

"윽!"

사라의 신음 소리가 들렸다. 창끝이 사라를 찌른 것이다.

민재는 즉시 외쳤다.

"갈취!"

스킬을 빼앗았다는 메시지가 들렸다. 섬광과도 같은 속도로 민재는 시스템창을 훑었다.

그리곤 곧바로 스킬을 사용했다.

'점멸!'

파앙!

민재의 몸이 단번에 얼음벽을 넘어 버렸다.

이동한 거리는 고작 3미터.

하나 이 거리는 사라의 코앞이었다.

번뜩!

깜짝 놀란 사라의 얼굴이 눈앞에 보였다.

민재는 바로 공격했다.

"전격!"

창 공격과 시퍼런 뇌전이 동시에 사라를 향해 뻗어 나갔다. 불시에 한 공격인데다 거리가 가까워 절대 피할 수 없었다.
하나.
파앙!
사라의 몸이 갑자기 사라져 버렸다. 창과 번개는 애꿎은 허공만 가르고 말았다.
민재는 급히 손을 회수하며 주위를 살폈다.
앞쪽에 사라가 보였다.
시스템 교란으로 점멸 스킬을 연속으로 사용할 수 있는 사라다.
피한 것은 우연이 아니리라.
그래도 사라를 당황하게 만드는 데는 성공한 모양이었다. 민재의 공격을 회피하였으나 멀리까지 이동하지는 못한 것이다.
하지만 민재는 재공격을 할 수 없었다.
'분신이라니.'
사라가 세 명이나 보였다.
모두가 같은 옷을 입고 같은 표정을 짓고 있었다.
어느 것이 진짜인지 분간이 가지 않았다.
순간적으로 상태창을 펴 보았으나 진짜를 구분해 낼 수 없었다.

“꽤나 무섭군요. 사과하죠, 너무 얕보았네요.”
사라가 차갑게 웃었다.
목소리마저 세 방향에서 들렸다.
“스킬을 계속 쓸 수 있는 건 시스템 교란 능력 때문인가?”
질문하며 민재는 진짜를 구별해 내기 위해 애썼다.
사라 셋은 거울처럼 동시에 입을 열었다.
“공격해도 소용없어요. 셋 다 더미니까.”
“뭐?”
“진짜는 이미 은신해 있거든요. 하하하하!”
사라가 미친년처럼 웃었다.
‘날 놀리는 것인가? 아니면 거짓말?’
사라의 말이 진짜라면, 자신은 이미 공격당했어야 했다.
그런데 사라는 계속 웃기만 할 뿐 공격은 하지 않았다.
강자의 여유일까?
민재는 사라가 시간을 끄는 이유가 납득이 가지 않았다.
그때 시스템 음성이 들려왔다.
[적이 선취점 달성!]
[적 더블 킬!]
‘뭣?’
민재는 급히 상태창을 살폈다.
미드라인에서 로봇을 막고 있던 우르자와 고블린이 사망

한 후였다.

양과 토끼는 죽기 일보 직전이었다.

다행히 팍살라는 잘 버텨 주고 있었다.

체력이 10분의 1로 뚝 떨어져 있었으나 이는 거대 로봇 역시 마찬가지였다. 팍살라가 그만큼 잘 싸워 주고 있었기 때문이었다.

그래도 제힘을 온전히 발휘하고 있는 체력 2만의 드래곤과 동급이라니.

괴물은 사라만이 아니라 블랑스도 마찬가지였다.

이대로 두면 팍살라가 위험해진다. 운 좋게 블랑스를 이기더라도 민재가 사라를 처치하지 못하면 아군은 괴멸하고 말 것이다.

척!

민재는 창을 사라에게 겨냥했다.

사라가 로봇을 돕는 일은 막아야 했다.

그때 펑 소리와 함께 세 명의 사라가 허깨비처럼 사라지고 말았다.

'진짜 분신이었나?'

민재는 즉시 땅을 박찼다.

분신이 사라진 이상 사라가 공격을 해 올 것이란 예측 때문이었다.

그러나 세 발을 디딘 후에도 공격이 없었다.

'설마! 팍살라를?'

그녀는 블랑스를 돕기 위해 이동한 것이 분명했다.

탁!

민재는 곧바로 로봇에게 달려들며 외쳤다.

"팍살라, 조심해!"

막 로봇의 한쪽 팔을 물어뜯고 있던 팍살라가 몸을 비틀었다.

그 공간을 로봇의 레이저가 스쳐 지나갔다. 하마터면 팍살라가 큰 피해를 입을 뻔한 것이다.

팍살라는 곧바로 두 발로 바닥을 박찼다. 그리곤 점프하듯 로봇에게 박치기를 했다.

쿠앙!

거대한 로봇이 뒤뚱거렸다. 그리곤 곧 뒤로 넘어졌다.

그런데 하필이면 넘어지는 방향이 민재가 있는 곳이었다.

건물만큼 큰 것이 뒤로 넘어가자 세상이 무너지는 느낌이었다.

뒤로 물러서든가, 전진하며 피할 곳은 로봇의 겨드랑이뿐이었다.

생각할 겨를도 없이 민재는 슬라이딩했다.

콰아악!

시커먼 하늘 배경이 회색의 금속으로 뒤덮였다. 그리곤 곧 민재를 깔아뭉개 버릴 듯 내려왔다.

쿠우웅!

아슬아슬하게 로봇에게 깔리지 않은 민재였다.

즉시 몸을 일으키며 로봇을 공격했다.

쿵! 쩡!

금속 덩어리에다 약점도 아닌 곳에 하는 공격이었으나 데미지는 잘 먹혀들었다.

아무래도 지금 전장은 시즌 1과 시즌 2의 시스템이 혼합된 것 같았다.

팍살라는 공중으로 점프했다가 독수리처럼 몸을 땅으로 내리꽂았다. 로봇 역시 가만히 있지 않고 한쪽 팔을 들어 반격했다.

민재가 세 번째 공격을 하는 순간, 두 괴물이 부딪쳤다.

쿠앙!

대기가 진동함과 동시에 가슴에 욱신거리는 통증이 느껴졌다.

팍살라의 사망.

체력이 떨어진 팍살라가 이번 돌격에 죽고 만 것이다.

다행이라면 로봇 역시 체력이 다해 움직임을 정지했다는 점.

둘 다 동시에 죽었으니 러브 샷이다.

그러나 전체 채팅이 들렸다.

"망할 도마뱀이!"

블랑스의 목소리였다.

그는 어지러운 듯 비틀거리며 머리를 쥐었다.

'뭐야? 죽지 않았어?'

민재는 즉시 점프해 로봇의 위로 올라섰다. 그리곤 조종석으로 보이는 곳으로 달려갔다.

그러자 갑판 한쪽에서 블랑스가 나타났다.

황당하게도 그는 체력도 전혀 잃지 않은 상태였다. 팍살라가 목숨도 아끼지 않고 공격했는데도 그를 쓰러뜨릴 수는 없었다.

'분명 상태창엔 블랑스의 이름이 있었는데?'

그가 로봇과 융합했기 때문일 것이다.

한데 로봇은 파괴되고 블랑스는 온전히 살아 있는 것을 보아 로봇이 파괴되기 전 융합을 풀어 버린 것 같았다.

로봇은 그저 움직이는 갑옷에 불과하다는 뜻이다.

즉, 본체를 처리하지 않으면 블랑스를 죽일 수 없다는 소리나 마찬가지였다.

'이렇게 되면!'

"으아아!"

민재는 블랑스에게 달려들었다.

단순 수치만 보면 민재는 블랑스를 이길 수 없다.

게다가 사라가 어디에 있는지도 알 수 없는 지금. 돌격이 성공으로 이어진다는 확률은 없었다.

또 다른 유물이 있을지 알 수 없다.
융합이 풀리고 본체가 나온 지금이 최적의 공격 타이밍이었다. 팍살라가 목숨까지 내걸고 만든 기회였다.
지금 하는 공격이 먹히지 않으면 앞으로도 가망이 없는 것이나 다름없었다. 그러니 지금 공격은 무슨 일이 있어도 성공시켜야만 한다.
다다닥!
번개처럼 달려가 창을 내질렀다.
"이게!"
비틀거리던 블랑스가 즉시 회피 동작에 들어갔다.
하지만 그의 몸은 느렸다. 융합이 풀리고 난 뒤 몸에 이상이 온 것이리라.
결국, 푸욱!
창은 정확히 박혔다.
"아악! 죽여 버리겠어!"
블랑스가 화를 내며 주먹을 휘저었다.
하나 너무 느렸다. 정확하지도 않고 날카롭지도 않은 공격에 맞아 줄 민재가 아니었다.
가볍게 피하며 연타를 가하자 데미지가 누적되기 시작했다.
이런 공격이 이십여 초만 이어진다면 블랑스를 쓰러뜨릴 수 있을 것 같았다.

그래도 민재는 조심했다. 블랑스의 기본 전투력은 민재보다 높았기 때문이다.

"이 잡것이! 내가 가만히 맞고만 있을 줄 알아?"

블랑스가 으르렁거리더니 갑자기 옆으로 굴렀다.

민재는 옆으로 피했다.

하나 블랑스는 공격하기 위해 구른 것이 아니었다.

팟!

도망치듯 블랑스는 질주했다. 민재가 급히 쫓았으나 그는 로봇 아래로 뛰어내리고 말았다.

탓!

민재는 금속판을 밟고 블랑스가 사라진 쪽으로 뛰어올랐다.

쏘아지듯 몸이 허공을 날아가자, 금속 덩어리가 가리고 있던 아래쪽이 훤히 드러났다.

그곳엔 유리판처럼 생긴 진격로가 있어야 했다.

그리고 그 위엔 쓰러져 있는 적군의 시체와 팍살라가 보여야만 했다.

한데.

스으윽!

거대한 붉은 것.

그것이 몸을 일으키고 있었다.

시뻘건 비늘과 두 장의 박쥐 날개. 세로로 찢어진 두 눈은 파충류의 매서움을 담고 있었다.

'팍살라?'

순간 눈을 깜빡였다.

죽은 팍살라가 벌써 부활할 리는 없었다.

아군 중에 부활 스킬을 가진 자는 없다.

그렇다면 저것은 적.

"죽여 버리겠다!"

블랑스의 목소리가 들림과 동시에, 팍살라의 모습을 한 것이 울부짖었다.

'젠장!'

민재는 급히 몸을 뒤틀었다.

팍살라와 융합을 했다면 그만큼 강할 터. 공중에 뜬 상태로 접근했다간 카운터를 맞을 수도 있었다.

그러나 블랑스는 민재가 피하게 가만두지 않았다.

후으읍!

놈은 갑자기 숨을 들이켰다.

'브레스!'

피하기는 이미 늦어 버린 상황.

민재는 급히 미니맵을 살폈다.

궁극기를 사용해 브레스를 막아 보려 한 것이다.

하나 주변에 시체가 없었다. 우르자와 고블린은 너무 먼 곳에 죽어 있었다.

결국, 화르륵!

민재가 블랑스에게 닿기도 전에 엄청난 불길이 쏟아졌고 시야가 붉게 물들었다.

곧 엄청난 고통이 몸을 엄습했다.

"으으윽!"

비명을 지를 새도 없이 세상이 회색빛으로 변해 버렸다.

[적 트리플 킬!]

[적 쿼드라 킬!]

시스템 음성이 사망했음을 알려왔다.

브레스에 당한 사람은 민재만이 아니었다.

샤나마저 브레스에 맞아 죽어 버리고만 것이다.

'정령의 가호까지 있었는데 한 방이라니!'

민재는 소리 질렀다.

그러나 목소리는 나오지 않았다. 죽어 버렸기에 아무것도 할 수 없는 상태가 되어 버린 것이다.

"으하하하! 죽었다! 죽었어!"

팍살라의 몸을 가진 블랑스가 괴성을 질렀다.

그 순간 바닥에 민재의 시체가 떨어지는 모습이 보였다. 시커멓게 변해 형체를 알아볼 수 없을 정도였다.

그런데도 민재의 영혼은 허공에 둥둥 떠 있었다.

'ㅇㅇㅇ…….'

아무것도 하지 못한 채 민재는 블랑스가 움직이는 것을

지켜보아야 했다.

거대한 덩치를 가지게 된 그는 빠르게 이동하더니 체력이 얼마 남지 않은 양과 토끼를 공격했다.

꼬리 공격과 물기에 둘은 사망했다.

[적은 전설입니다.]

'제기랄!'

민재는 허공을 쳤다.

적이 너무 강했다.

단둘뿐인데, 그 둘은 아군의 전력을 넘어서고도 남을 정도였다.

결과는 이미 결정 난 것이나 다름없었다.

사라가 전투에 가담하지 않았는데도 팀의 주요 전력이 몰살당했다. 아군이 모두 뭉쳐도 이길 수 있을까?

그래도 이겨야 된다.

그러기로 마음먹었고, 그래야만 했다.

'후우…… 일단 머리부터.'

민재는 숨을 깊게 내쉬었다.

영혼인 상태라 공기가 폐로 빨려 들어가는 느낌은 없었다. 그래도 수차례 심호흡을 하니 엉망이었던 기분이 좀 나아진 것 같았다.

'힘으론 상대가 되지 않아.'

맞붙어선 지고 만다. 그렇다면?

맹렬히 생각해 보았지만 전략은 많지 않았다.

'운영으로 승부를 내는 수밖에 없어.'

지구의 프로 리그에선 종종 역전이 일어났다.

양 팀의 전력 차이가 너무 커서 패배가 확실시되는 상황에서도 기적은 일어나곤 했던 것이다.

그런 경기들을 돌이켜 보면, 전부 운영의 차이였다.

적의 실수를 유도해 내고, 그 실수로 조금씩 이익을 챙겨 적과의 격차를 줄여 가는 전략이었다.

그런 운영의 이점을 살리는 데 필요한 요소는 주도권.

적이 움직이는 대로 끌려가지 않고 허점을 노려야 한다.

그러려면 전장의 파악은 기본 중의 기본.

민재는 미니맵을 살폈다.

미드라인은 블랑스로 인해 엉망이 되었다. 아군을 몰살시킨 블랑스는 홀로 포탑 공략에 나섰다. 거대한 드래곤의 공격에 포탑은 속수무책으로 당했다. 포탑이 무너지는 것을 막을 방법이 없었다.

사라는 어디에 있는지 보이지 않았다.

다른 라인으로 진출했나 싶어 찾아보았으나 그녀는 어디에도 없었다. 본진으로 귀환했거나 정글로 이동했을 것이다.

'왜 공격을 하지 않지?'

블랑스는 쉬지 않고 공격하는데 주최자인 사라는 공격에 나서지 않다니.

단순한 시간 끌기?

하지만 농락한다고 보기엔 그녀의 행동이 의심스러웠다.

그 점을 공략하면 허점을 찌를 수도 있겠다는 생각이 들었으나 구체적인 방법까지는 알 수 없었다.

탑라인과 봇라인은 아군이 우세했다.

동료들이 아군 미니언과 함께 이미 공성을 시도하고 있는 것이다.

적의 전력이 미드라인에 집중되었으니 이 우세는 당연한 결과였지만, 이상한 점이 눈에 띄었다.

'적군 미니언이 없군.'

본래대로라면 본진에서 생성된 미니언은 진격로 중간에서 적 미니언과 만나야 했다.

그런데 적군 미니언이 보이지 않았다.

아군 미니언은 평소처럼 소환되어 진격로를 달리는데 맞상대할 적군 미니언이 없으니 적의 포탑은 방어할 병사도 없이 공격당할 수밖에 없었다.

'아무래도 사라의 미니언은 컨트롤이 가능한가 보군.'

사라의 영토에 갔을 때 보았던 엄청난 수의 미니언들.

단순히 영토를 유지하기 위해 필요한 NPC 개념일 것이라 생각했었는데, 사실 그들은 전투 시에 미니언으로 활약하는 모양이었다.

그들이 병사 역할이며 컨트롤이 가능하다면?

조금 전 미드라인에 밀려들었던 미니언 떼는 일종의 민병대나 마찬가지일 것이다. 정예군이 돌멩이로 무장하고 있지는 않을 테니 말이다.

그렇다면 정예병은 무엇을 하고 있을까?

본진에서 다음 명령을 기다리고 있거나, 정글에서 몬스터를 잡고 있을 확률이 컸다.

그런 추측까지 하고 나자 의문이 생겼다.

'어째서 초반에 밀고 들어오지 않은 거지?'

민재가 적군 미니언의 정체를 알기 전에 총력전을 펼쳤다면 세 진격로 모두 다 속수무책으로 당할 수밖에 없었을 것이다.

그만큼 사라의 미니언은 수가 많았기 때문이었다.

그 이유를 알기 위해선 정글을 살펴야만 했다.

민재는 정글로 시야를 이동시켰다.

대부분 어두운 상태인 정글.

그러나 일부는 밝았다.

정찰을 보냈던 퍼스파들 중 반 이상이 죽어 버렸지만, 살아남은 녀석들은 시야를 밝혀 주고 있었다.

'저게 정글의 시설물인가?'

커다란 금속 구조물.

희미한 빛을 발하고 그것엔 적군 미니언이 다닥다닥 붙어 있었다.

미드라인을 급습한 미니언과는 달리 중무장한 상태였고 탈것으로 보이는 거대한 짐승에 정체를 알 수 없는 마차까지 보였다.

전투력도 강했다. 그야말로 정예병이나 다름없는 자들.

그런 자들이 공성에 참여하지 않고 시설물을 만지고 있다니.

저것이 전장에서 무척이나 중요한 것이라는 점이 확실했다.

그뿐만이 아니라, 적군 정예병은 사냥까지 하고 있었다.

정글에서 주기적으로 생성되는 중립 몬스터를 정예병이 사냥하고 있는 것이다.

그들이 몬스터를 사냥한 만큼, 사라가 골드를 확보하고 경험치를 얻게 된다. 그냥 내버려 둘 수만은 없었다.

그런 생각을 하는 사이.

[포탑이 파괴되었습니다.]

미드라인의 포탑이 무너지고 말았다.

그 순간.

화아악!

시야가 비틀리며, 민재는 부활했다.

세상이 제 빛을 되찾으며 신전으로 이동한 것이다.

민재는 주먹을 움켜쥐었다.

꾸욱!

빠듯한 느낌. 살아 있는 육체를 되찾았다는 해방감이 들었다.

뒤돌아서자 죽었던 동료들이 보였다.

우르자와 고블린, 샤나.

동물들은 물론이고 파살라마저 금방 되살아났다.

'파살라가 살아나다니.'

블랑스는 아군의 시체와 융합할 수는 있으나 부활 전까지만 가능하도록 시간제한이 있는 것 같았다.

[엉망이군.]

파살라가 인상을 썼다.

잠깐이지만 블랑스에게 몸을 빼앗겨 자존심이 상한 것이리라.

그는 고개를 내려 민재를 노려보며 말했다.

[생각해라.]

이길 방법을 생각하란 것이겠지.

민재는 동료들을 살폈다. 그들 역시 암울한 표정으로 민재를 보고 있었다.

민재는 그들에게 말했다.

"가능성은 있습니다."

솔직히 질 확률이 압도적이다.

하나 왠지 뭔가 느낌이 왔다.

적의 행동이 의문투성이인 것이다.

동료들이 탑과 봇라인을 공격하고 있는데, 적은 그것을 방치하고 있었다.

오직 블랑스만 미드라인을 계속 밀고 들어오고 있을 뿐, 사라와 그녀의 미니언들은 수성에 관심도 없으니.

아마도 저 시설물을 장악하는 것이 수성보다 더 중요한 것이 아닐까?

그렇다면 아군의 행동도 달라져야 한다.

민재는 팀 채팅으로 소리쳤다.

"체게게! 비누엘! 포탑을 무너뜨리는 즉시 미드라인으로 오세요! 우르자와 카락크는 미드라인 수성을!"

"알았다!"

체게게와 비누엘 측은 공성에 더 열을 올렸다.

견제 없는 공성. 저것들을 파괴하면 아군 모두가 골드를 얻게 된다. 전력이 증가하는 것이다.

그 이후에 미드라인을 수성한다.

두 라인의 전력을 합친다고 해도 블랑스를 막기는 어려웠다. 그러나 포탑이 무너지는 시간은 늦출 수 있다.

그동안 민재와 정글 팀은 적의 정글을 장악한다.

놈들이 무슨 행동을 하는지는 모르겠으나, 일단 훼방을 놓고 보는 게 주요 골자였다.

동시에 민재는 퍼스파들을 움직였다.

위험한 적 측 정글에서 아군 측 정글로.

그러며 아군 측 정글에 있는 시설물을 살폈다.

"우리는 바로 이동하죠. 팍살라!"

[드디어 머리가 돌아가는군.]

팍살라가 즉시 엎드렸다.

민재와 정글 팀은 재빨리 그의 등에 탑승했다.

팍살라는 날개를 펴고 땅을 박차며 날아올랐다.

슈아악!

거대한 몸이 순식간에 가속하며 하늘을 질주했다.

비행 속도를 최고로 올렸는지 엄청나게 빨랐다.

맵의 중앙을 벗어날 때쯤, 시스템 음성이 연이어 들려왔다.

[포탑을 파괴하였습니다.]

[포탑을 파괴하였습니다.]

[포탑이 파괴되었습니다.]

탑과 봇라인의 공성이 끝났다.

이로써 아군은 상당히 많은 골드를 얻게 되었다.

하지만 아군 역시 포탑을 하나 더 잃고 말았다.

포탑은 2대2.

숫자는 동일하지만 아군이 더 불리했다.

미드라인의 포탑이 두 개나 부서졌다. 맵 중앙에 고속도로가 뚫린 것이나 다름없다.

그다음 방어선은 본진의 억제기를 지키는 포탑.

무슨 일이 있어도 이것만은 막아야 했다. 민재는 그 역할을 할 수 없으니 동료들이 대신해 줄 것이다.

다행히 우르자와 고블린이 블랑스를 견제하고 있었다.

멀찍이 떨어져 견제 마법만 날리다 도망가는 정도에 불과했으나 그 행동이 블랑스를 화나게 했다.

블랑스는 포탑을 공격하다 말고 둘을 잡기 위해 이동했다가 다시 이를 갈며 포탑을 공격했다.

적군 민병대가 아직 없는 상태라 그는 홀로 포탑 공격을 맞았다.

하지만 워낙 강력한 전투력을 가진 그였기에 포탑의 공격으로도 큰 피해를 주기는 어려웠다. 그래도 공격이 점차 누적되고 있었고 아군 미니언까지 수성에 가담하고 있어 상황이 나쁘지만은 않았다.

그때 양이 소리쳤다.

“다 왔어요!”

민재는 팍살라의 비늘을 단단히 잡고 앞을 살폈다.

시야에 거대한 정글 구조물이 보였다.

정예병들이 이쪽을 보며 소리치는 모습이 보였다.

서둘러 그들은 쇠뇌를 발사하고 마법과 화살을 쏘았다.

[저따위 것에 당하면 내가 아니지. 꽉 잡도록!]

팍살라가 소리쳤다.

촤악!

팍살라의 날개가 접혔다.
그러자 공기 찢어지는 소리와 함께 세상이 빙글빙글 돌았다. 팍살라가 곡예비행을 시도한 것이다.
"윽!"
동물들이 신음을 흘리며 자세를 낮추었다.
민재 역시 손에 힘을 꽉 주었다. 그러지 않으면 떨어져 버릴 것 같았다.
[간다!]
소리가 들림과 동시에.
콰앙!
폭음이 터지며 엄청난 압박감이 몸을 강타했다.
팍살라에게서 튕겨져 나온 후에야 민재는 자신이 땅으로 곤두박질치고 있음을 깨달았다.
'박치기냐!'
팍살라는 탑승자 따윈 배려하지 않고 날아가던 속도 그대로 바닥에 부딪힌 것이다.
실로 무식한 몸통 돌격이었다.
그래도 효과는 확실했다.
정예병의 공성 병기 대부분이 이 돌격으로 파괴되어 버렸다. 더불어 정예병 상당수마저.
[천 년 전에도 이따위 무기쯤은 씹어 버렸지!]
팍살라가 포효하며 꼬리를 휘두르기 시작했다.

민재는 바닥에 착지함과 동시에 초보자용 검을 소환했다.

한 손엔 창을, 다른 한 손엔 검을.

그 상태로 적에게 돌격했다.

"으아압!"

사방이 적투성이였다.

그들은 강철 갑옷을 입은 채 비틀거리고 있었다.

팍살라의 몸통 돌격으로 지진이 발생해 제대로 몸을 가눌 수 없었기 때문이었다.

쾅! 서걱!

창과 검에 맞은 적들이 픽픽 쓰러졌다.

정예병이라 칭할 정도로 강력한 자들이었으나 샤나의 힘까지 더한 전투력을 당할 수는 없었다.

민재는 양 떼 사이로 달려드는 사자처럼 종횡무진하며 적을 쓸어 나갔다.

양과 토끼 역시 가만있지 않았다. 거대한 무쇠 망치를 한 번 휘두를 때마다 정예병이 하늘을 날았다.

팍살라는 그보다 더했다. 빗자루처럼 휘두르는 꼬리에 맞은 적들이 수십 명씩 나가떨어졌다.

'시설물부터!'

아군의 전투력은 적을 넘어선다.

팍살라 혼자서도 정예병을 쓸어버릴 수 있으니 민재는 시설물부터 장악하려는 것이다.

민재는 정예병을 쓸어버리며 시설물에 다가갔다.
계단처럼 보이는 곳에 한 발을 내딛자.
[투석기 점령까지 1분 남았습니다.]
시스템 음성이 들려왔다.
더불어 시스템창에 타이머가 돌아가기 시작했다.
'투석기?'
괴이하게 생긴 이 시설이 투석기였단 말인가?
생긴 것과는 전혀 다른 용도의 건축물이라 조금 황당해질 정도였다.
그러나 시설물의 용도는 이제 확실해졌다.
이것을 점령하면 적의 포탑을 더욱 쉽게 파괴할 수 있을 것이다.
빼앗긴다면?
민재가 이길 가능성은 제로에 가까워지고 말리라.
'무슨 일이 있어도 점령해야만 해!'
"체게게! 통가! 정글의 투석기를 점령하세요!"
"알았다!"
미드라인에서 블랑스를 막고 있던 체게게와 통가가 즉시 움직였고 나머지 동료들은 계속해서 수성에 전념했다.
민재는 계단 위를 달려가며 적을 공격해 나갔다.
그때.
슈아악!

공기 찢어지는 소리가 들리며 시뻘건 것이 이쪽으로 날아들었다.

반사적으로 피하고 나니 민재가 서 있었던 장소에 불기둥이 치솟았다.

이런 마법 공격을 할 수 있는 자는 한 명뿐이었다.

'사라!'

하늘에 그녀가 보였다.

사라는 검은색 정장을 펄럭거리며 하늘을 날고 있었다.

레벨이 6이었다.

동료들은 아직 1. 민재는 팍살라의 도움으로 3레벨이 됐으나 사라는 정글 몬스터를 사냥해 벌써 6이었다.

그렇지 않아도 상대하기 까다로웠는데, 이제는 차이가 더 벌어졌다.

다행히 아이템을 추가로 구입하지는 않았다.

그녀의 아이템 창은 처음과 달라진 점이 없었다.

"냄새는 참 잘 맡는군요!"

사라는 깔깔대며 마법을 퍼부었다.

슈슈슉!

시퍼렇고 누런 빛줄기가 다발로 쏘아졌다.

재빨리 피했기에 명중하지는 않았다.

대신 민재 주위에 있던 정예병이 죽어 나갔다. 마법 한 방에 한 명 이상씩 즉사했다. 그것도 모자라 돌로 만들어진 시설물 바닥이 푹푹 패여 나갔다. 사라의 공격이 상당히 강력하다는 증거이리라.

콰과광!

사라와 거리가 멀었기에 피하기가 어렵지는 않았다.

다만 민재에겐 공격할 수단이 없다. 원거리 스킬이 없는 까닭이었다.

하지만 이는 전장의 법칙이 평소와 같을 때일 뿐.

'통할까?'

의문이 생겼지만 일단 행동했다.

척!

손에 쥐고 있던 초보자용 검.

민재는 칼날을 잡은 채 그것을 던졌다.

슈욱!

강력한 힘이 깃든 투척이었기에 칼이 날아가는 속도는 화살처럼 빨랐다.

단숨에 날아간 칼은 사라의 다리를 스쳤다.

스걱!

그녀의 표정이 일그러졌다.

피하기는 했으나 검 투척이 매서웠기 때문이리라.

'데미지가 들어갔어!'

스쳤으나 피부가 약간 베였을 것이다. 적은 데미지에 불과했지만 공중에 떠 있는 사라에게 공격할 수 있게 되었다.

"죽고 싶은가 보죠?"

사라가 손을 크게 휘저었다.

그녀의 머리 주위에서 스파크가 튀더니 곧이어 엄청난 굵기의 번개가 작렬했다.

콰르릉!

'윽!'

너무 빨랐다.

범위마저 넓었기에 피할 수 없었다.

그래도 번개의 중심에서 벗어났기에 큰 데미지는 입지 않았다.

사라는 후속타를 계속 날렸다.

민재는 계속 회피했다.

하지만 두 번 피하면 한 번은 맞았다.

반격할 시간이 부족했다.

그래도 민재는 공격을 이어 가려 했다.

조금 전 던졌던 초보자용 검. 미니맵을 보며 그것을 아이템 칸으로 넣어 버린 것이다.

검을 다시 소환해 손에 쥐었다.

쉬릭!

'되는군!'

패시브 스킬인 약탈이 없었다면 던졌던 검을 회수하는 일이 불가능했을지도 모른다.

그때 양과 토끼가 합류했다.
“맞추면 되지?”
양이 한쪽 팔을 뒤로 젖혔다.
토끼는 지팡이를 사라에게 겨누었다.
그 순간.
콰릉!
번개가 떨어지며 둘을 강타했다.
“꺄악!”
단번에 둘의 체력이 죽기 일보 직전까지 떨어져 버렸다.
후속타를 스쳐 맞아도 사망할 수밖에 없다.
‘제기랄, 투척!’
민재는 검을 던졌다.
그와 동시에 창도 던졌다.
파바박!
검은 맹렬히 회전하며, 창은 하늘을 꿰뚫어 버릴 듯 빠르게 날아갔다.
사라는 눈을 부릅뜨더니 뻗었던 지팡이를 회수했다.
그러자 그녀의 몸이 순식간에 사라졌다. 검과 창은 텅 비어 버린 공간을 허무하게 지나가 버렸다.
‘점멸?’
민재는 바로 창과 검을 회수했다.
그리고 사라를 찾았다.

그때.

[적이 투석기를 점령하고 있습니다.]

시스템 음성이 들리더니 투석기 점령 타이머가 사라져 버렸다.

아마도 사라가 시설물 위에 발을 디뎠기 때문일 것이다.

민재는 즉시 시설물 상단을 바라보았다.

그녀는 거기에 있었다.

시설물의 꼭대기에 곧게 선 채, 사라는 웃고 있었다.

“아직도 잘 모르는가 본데, 어떤 노력을 해도 나를 이길 수는 없…….”

콰앙!

사라는 말하다 말고 날아갔다.

시뻘겋고 거대한 것이 그녀를 후려쳤기 때문이다.

‘팍살라!’

고개를 돌리자 한쪽 입꼬리가 올라간 팍살라가 보였다.

그는 이쪽으로 향했던 눈을 돌리곤 곧바로 점프했다.

날아간 사라에게 재차 공격을 하려는 것이리라.

그 순간 또다시 시스템 음성이 들려왔다.

투석기 점령이 재개되었다는 메시지였다.

민재가 시설물 위에 있기 때문에 다시 점령 타이머가 돌아가기 시작한 것이다.

‘좋았어!’

민재는 곧바로 달려갔다.
언덕을 넘듯 시설물 너머로 달려가자 마법 다발에 얻어맞고 있는 팍살라가 보였다.
[잡것이!]
팍살라가 으르렁거리며 사라를 물었다.
그러나 사라의 몸은 펑 소리를 내며 사라졌다. 분신을 공격한 것이다.
민재는 팍살라를 도우려 했다.
그러나 사라가 5명이나 보였다.
그녀들은 팍살라 주변을 돌며 마법을 연속으로 사용했다. 하나를 없애면 다른 하나가 생겨났다.
'어느 것이 진짜지?'
아마 모두 가짜일 확률이 컸다.
진짜는 근처에 숨어 있을 것이다.
찾아내려면 은신을 감지할 수 있는 자가 필요했다.
"로타! 탐지 스킬을!"
"알았어요!"
로타가 품에서 고리를 꺼내 흔들었다.
그러자 고리에서 황금색 구체가 한쪽 방향으로 뻗어 나가기 시작했다.
허공이 아닌 땅.
민재는 곧바로 창을 날렸다.

슈아악, 쾅!

폭음이 터지며 뭔가가 날아갔다.

창에 맞아 사라의 은신 스킬이 풀린 것이다.

그녀는 타격을 입은 듯 보였으나 금세 인상을 찡그리며 팔을 뻗었다.

"경고하는데, 날 화나게 하지 말아요!"

파파파!

사라의 지팡이에서 불꽃이 튀었다.

그와 함께 뒤쪽에서 폭음이 들렸다.

[아군이 적에게 당했습니다.]

[더블 킬.]

'뭣?'

뒤돌아보지 않아도 양과 토끼가 사망했음을 알 수 있었다.

여유가 없다.

민재는 곧바로 사라에게 달려들었다.

그녀는 민재를 막을 생각을 하지 않았다.

민재보단 팍살라가 더 위협적이기 때문이리라.

사라는 뭔가를 읊조리며 지팡이를 팍살라에게 겨누었다.

캐스팅 시간이 긴 것으로 보아 굉장히 강력한 공격을 하려는 모양.

[어딜!]
팍살라가 즉시 입을 벌렸다.
그와 함께 붉은색의 빛줄기가 입에서 터져 나왔다.
화아악!
거대한 브레스!
사라는 물론이고 주변의 땅까지 몽땅 삼켜 버릴 정도로 거대했다.
그러나 사라의 지팡이에서 뿜어져 나온 푸른빛 역시 그에 못지않았다.
차아앙!
푸른 빛기둥이 레이저처럼 뻗어 나가 브레스와 맞부딪쳤다.
순간적으로 힘겨루기를 하듯 양쪽이 멈췄으나, 승자는 사라의 빛줄기였다.
파앙!
시퍼런 빛은 팍살라를 집어삼켰다.
[으윽!]
팍살라의 신음이 터지며 그의 몸이 뒤로 넘어갔다.
체력도 급격히 닳았다. 단숨에 2만이 넘던 체력이 3천도 채 남지 않게 되었다.
엄청나게 강력한 공격.
후속타를 허용하면 팍살라마저 죽고 말리라.

“으아압!”

민재는 즉시 사라에게 창을 꽂아 넣었다.

푸욱!

여린 살을 찌르는 감촉이 손에 생생하게 전해졌다.

그것에 만족하지 않고 민재는 창대를 놓으며 외쳤다.

“강탈!”

공격력 아이템을 빼앗으며 민재는 몸을 회전시켰다.

휘익!

관성을 이용해서 검을 휘둘렀다. 눈 깜빡일 시간도 지나지 않아 몸이 한 바퀴 돌았고, 가속된 검날이 사라를 공격했다.

콰직!

“윽!”

뼈 부러지는 소리와 신음이 동시에 들렸다.

“탈취! 갈취!”

연타를 가하며 사라를 공격했다.

사라는 비틀거리며 세 번의 타격을 허용했다.

그러나 다음은 불발.

팟!

꺼지듯 그녀의 몸이 사라져 버렸다.

‘점멸?’

민재는 창을 회수하며 사방을 훑었다.

그러나 사라는 보이지 않았다.

은신을 감지해 낼 토끼가 죽어 버렸기에 그녀를 찾을 방법이 없었다.

난감해졌으나, 사라의 공격이 없었다.

'또 사라졌어?'

혹시나 싶어 주변을 더 경계했으나 마찬가지였다.

미드라인에서 전투 중 사라졌던 것처럼 이번에도 사라는 없어지고 만 것이다.

'귀환한 건가?'

더 공방을 주고받았다면 은신 스킬이 있는 사라가 유리했을 터인데, 어째서 돌아가 버리고 말았을까?

사라는 시스템 교란을 이용해 단시간에 스킬을 난사할 수 있다. 그 공격력은 폭발적이라고 할 정도로 대단해서 혼자 다수의 유저를 능히 상대하고도 남는다.

혼자서 아군 전체와 싸워도 밀리지 않을 그녀가 전투 도중 갑자기 사라지다니.

화가 잔뜩 나 있던 것까지 감안하면, 이는 이치에 맞지 않는 행동이었다.

'설마 능력에 한계가?'

사라의 시스템 교란 능력에 한계가 있다면?

그녀가 갑자기 사라진 이유가 설명된다.

스킬을 무한히 난사할 수 있는 게 아니라 일정한 범위가 있고, 그것을 넘어서는 순간 그녀는 전투를 포기할 수밖에 없다면?

'이길 가능성이 있어.'

시즌 1에서 생존해 얻은 시설.

불가능을 가능으로 만들 정도로 엄청난 시설이지만 무한하지는 않았다.

블랑스가 팍살라의 시체와 융합했을 때도 한계가 있었다. 팍살라가 부활하자 융합이 풀리지 않았던가.

사라에게도 무언가 한계는 있을 것이다.

민재는 사라가 했던 말을 떠올렸다.

"마테리아를 가공해, 탑의 주인이 특수한 능력을 사용할 수 있게 만들어 주는 거랄까요."

'마테리아라.'

전장의 밖이라면 마테리아를 이용할 수 있다.

그러나 이미 전투가 벌어지고 있는 상황이라면? 마테리아를 수급할 수 있을까?

수급할 수 없다면 사라의 한도는 일회성이 된다.

준비했던 마테리아를 모두 사용해 버리게 되면 그녀는 시스템 교란 시설을 이용할 수 없게 되니 말이다.

그러나 그녀는 미드라인과 이곳에서 두 번이나 스킬을

난사했다.

'마테리아는 아냐.'

아마도 전장에서는 마테리아가 아닌 다른 것을 이용할 가능성이 컸다.

그런 생각을 하는 사이 시스템 음성이 들려왔다.

[투석기를 점령하였습니다.]

'좋았어!'

민재는 즉시 뒤돌아 달렸다.

투석기를 점령했다. 이름부터 공성병기니 써 주는 게 인지상정 아닌가?

"팍살라! 나머지를 부탁해!"

소수이지만 정예병이 아직도 시설물 주변에 남아 있었다. 체력이 많이 닳은 팍살라지만 잔당 처리 정도는 능히 가능했다.

팟!

민재는 단번에 시설물에 올라갔다.

꼭대기에 이르자 변화된 모습이 눈에 들어왔다.

'이게 투석기?'

허공에 불과했던 곳에 반쯤 투명한 빛으로 이루어진 기둥들이 나타나 있었다. 그것들은 연결되어 새로운 구조물을 만들어 냈다.

어찌 보면 거대한 새총과도 같은 모습이었다.

그 가운데에는 이글이글 타오르는 화염이 장전되어 있었다.

불공은 크기부터 엄청났다. 저것이 쏘아지면 굉장한 파괴력을 낼 수 있을 것처럼 보였다.

민재는 그것에 다가갔다.

'어떻게 사용하는 거지?'

메뉴창도 없었다.

대신 조종석 비슷한 곳이 있었다.

그곳에 올라타곤 조종간을 비틀자.

구으응!

빛 덩어리 투석기가 통째로 회전했다.

기관총의 가늠자처럼 생긴 것에 적 탑라인 포탑을 조준한 뒤 방아쇠를 당겼다.

콰아앙!

몸이 덜덜 떨릴 정도로 엄청난 폭음이 발생하며 투석기에서 무언가가 쏘아졌다.

그리고 2초도 채 지나기 전에 다시 폭발음이 들려왔다.

'명중한 건가?'

시야가 확보되지 않았기에 착탄 지점을 확인할 수는 없었다.

그래도 민재는 투석기를 계속해서 발사했다.

쾅! 쾅!

연이어 세 번을 쏘고 나자 시스템 음성이 들려왔다.

[발사 준비까지 3분 남았습니다.]

'세 발이 한계군.'

기다리면 다시 투석기를 쏠 수 있으리라. 그전에 적에게 빼앗기지 않는다는 가정하에 말이다.

그때, 아군 본진에 폭음이 터졌다.

쿠앙!

"으악!"

마수 둘이 비명을 질렀다.

[아군이 적에게 당했습니다.]

[적 더블 킬.]

공격한 자는 블랑스가 아니었다.

고블린은 그와 멀찍이 거리를 벌린 후 견제만 하고 있었다. 원거리 공격 스킬이 없는 블랑스가 아군에게 타격을 주기는 쉽지 않았다.

그런데 어디선가 거대한 불꽃이 날아와 아군을 공격하다니.

'투석기?'

아마도 적이 점령한 투석기가 아군 본진을 공격한 것이리라.

강할 것이라 예상은 했으나, 단 한 방에 둘이나 죽어 버릴 정도라니.

문제는 공격이 한 번에 그치지 않는다는 점이었다.
민재는 즉시 소리쳤다.
"산개하세요!"
블랑스를 막고 있었던 동료들이 즉시 흩어졌다.
그 자리는 곧 터져 나갔다.
쇄애액, 쾅!
바닥이 으깨지고 돌멩이가 비산했다. 반경 5미터가 폐허로 변할 정도였다.
맞았다면 즉사했을 것이다.
한 발이 더 날아왔다. 그러나 이번에는 명중이었다.
콰앙!
[적 트리플 킬!]
마수 하나가 운 나쁘게 죽어 버렸다.
"잘 죽었다! 개 같은 놈들!"
블랑스가 신이 나 외쳤다.
하지만 그는 아군에게 달려들지 못했다. 포탑을 공략하느라 체력이 많이 소진된 상태.
그는 후퇴하기 시작했다.
'저걸 잡아야 하는데.'
그때 체게게의 목소리가 들려왔다.
"민재! 투석기를 점령했다!"
"투석기를?"

"어찌하여야 하는가?"
순간 민재는 고민했다.
블랑스를 공격하고 싶었으나, 그가 피해 버리면 공격 기회를 낭비하고 만다.
운 좋게 맞힐 수 있더라도 그를 잡을 수 있을까? 차라리 안전한 목표를 공격하는 것이 나으리라.
"탑라인 포탑을 겨냥하고 쏴 버려!"
민재는 투석기 사용법을 알려 주며 조종석에서 벗어났다.
이곳에서 버티며 재장전 되길 기다릴 수도 있었으나 아직 정예병 잔당이 남아 있었다.
서걱! 쿠웅!
창을 풍차처럼 휘두르며 공격해 나가자 정예병 잔당을 모두 처치할 수 있었다.
이것으로 이곳에서 할 일은 끝.
약간의 이익을 얻긴 했으나, 이것으로 만족해선 안 된다.
"팍살라!"
[어지간히 날뛰는군.]
팍살라가 몸을 웅크렸다.
투덜거리기는 했으나 입은 웃고 있었다.
탁!
민재는 점프해 팍살라의 꼬리를 잡았다.

팍살라는 곧바로 날아올랐다.

쾅!

묵직한 가속력에 손아귀가 저릿했다. 머리카락이 뒤로 날리는 가운데, 민재는 미니맵을 살폈다.

미드라인의 블랑스는 이미 보이지 않았다. 시야 바깥으로 벗어나 버린 것이다.

체게게와 마수는 투석기를 계속 쏘았다.

각자 한 발씩을 쏘고 나자 시스템 음성이 들려왔다.

[포탑을 파괴하였습니다.]

'벌써?'

아군은 탑라인의 두 번째 포탑을 공격한 적이 없다.

오직 투석기로만 다섯 발을 쏘았을 뿐인데, 체력이 온전한 포탑이 파괴되다니.

'이래서 사라가 투석기를 점령하려 했군.'

정글에 있는 투석기의 수는 총 4개. 아군 측 정글에 2개, 적군 측 정글에 2개였다.

그중 3기를 아군이 점령한 상태였다.

"나머지는 본진 포탑에 쏴 버려!"

"알았다!"

다시 투석 공격이 시작되었다. 거대한 화염 덩어리가 양쪽에서 각기 두 발씩 날아올랐다.

이번에는 시스템 음성이 들리지 않았다. 포탑을 무너뜨

리기엔 화력이 모자란 것이다.
여기서 만족해야 할까?
민재는 마무리를 하는 편이 낫다고 판단했다.
"팍살라! 탑으로!"
파악!
팍살라가 즉시 방향을 틀었다.
적 측 본진까지는 순식간.
체력이 고갈된 포탑이 시야에 들어오자 민재는 단숨에 팍살라의 등에서 뛰어올랐다.
"하압!"
창을 역으로 쥐고 아래로 내리꽂았다.
쿠웅!
손아귀가 저릿할 정도로 충격이 컸다.
팍살라까지 공격하자 포탑은 금세 무너졌다.
[포탑을 파괴하였습니다.]
이로써 포탑의 수는 2대4.
아군이 압도적으로 유리했다.
초반의 불리함이 어느 정도 완화된 상태이나 적이 더 유리하다는 점은 변함없었다.
아직은 사라와 블랑스와 직접 부딪칠 수 없다.
민재가 더 성장하거나 둘을 궁지에 몰아넣어야 했다.
그리 생각하면 지금이 호기다.

'억제기까지!'

블랑스는 본진으로 귀환했을 것이다. 그러니 그가 곧 수성하러 달려들 터.

그전에 억제기를 밀어 버릴 수 있을까?

민재는 멈추지 않고 공격하려 했다.

하나.

"크아아아아!"

함성이 들리며 사방에서 적이 나타났다.

무시무시할 정도로 많은 수의 정예병들이 억제기를 지키기 위해 달려드는 것이다.

혼자서는 역부족이었다.

팍살라도 체력이 상당히 낮은 상태였다.

"브레스 가능해?"

[조금만 기다려라!]

"알았어!"

민재는 억제기에 창을 꽂아 넣었다.

쾅쾅!

세 번도 치기 전에 정예병이 밀려들었다.

빛과 번개. 화염과 화살이 비처럼 쏟아졌다.

"읏!"

민재는 뒷걸음질 치며 화살을 쳐 냈다.

그때였다.

"민재!"

마수의 다급한 목소리가 들려왔다.

[적 쿼드라 킬!]

'뭐야?'

조금 전까지 사라가 트리플 킬을 달성했다.

사라의 정예병이 가한 투석 공격에 아군이 죽어 나갔기 때문이었다.

그런데 갑자기 쿼드라 킬이라니?

민재는 즉시 미니맵을 살폈다.

정글에서 투석기를 발사했던 마수 하나가 사망해 버린 후였다.

그의 앞에는 지팡이를 뻗고 있는 사라가 보였다가 사라졌다.

마수가 죽어 버리며 시야가 어두워진 까닭이었다.

'어떻게?'

조금 전까지 사라는 본진에 있을 것이라 예상했었다.

그런데 갑자기 아군 측 정글에 나타나 암살을 하다니.

'장거리 이동 스킬이군.'

장거리를 이동할 수 있는 스킬은 민재도 있었다.

시야 와드만 설치해 놓는다면 거리에 상관없이 언제든 순간 이동을 할 수 있는 것이다.

한 전장에 두 가지의 스킬만 사용 가능한 민재와 달리

사라는 여러 가지 스킬을 반복해서 사용할 수 있으니, 장거리 공간 이동은 또다시 사용될 수 있었다.

만약 사라가 또다시 이동한다면? 다음 타겟은 뻔했다.

'체게게가 위험해!'

민재는 즉시 소리쳤다.

"체게게 피해!"

말을 다 하기도 전에.

쉬이이익!

난데없이 체게게의 옆에서 붉은 소용돌이가 치기 시작했다.

그 효과가 무엇을 뜻하는지 민재는 잘 알고 있었다.

바로 공간 이동 스킬.

체게게는 즉시 몸을 피했다.

그녀 혼자서 사라를 막을 수는 없는 법.

하나 피할 수조차 없었다.

파앙!

붉은 소용돌이가 사라짐과 동시에 번개가 작렬했다.

"으악!"

체게게가 비명을 지르며 땅을 굴렀다.

연이어 섬광과 폭음이 체게게를 덮쳤다.

콰아앙! 쿠앙!

[적 펜타 킬!]

체게게마저 죽어 버렸다.

그뿐만 아니라 아군 측 정글의 투석기 2기를 적에게 빼앗겨 버렸다. 남은 하나마저 사라에게 빼앗기고 말 터.

모든 투석기를 빼앗기게 되면? 3분이 채 지나기 전에 아군은 무려 12방의 투석 공격을 받아야만 한다.

그렇게 되면 아군 본진의 포탑은 물론이고 억제기까지 순식간에 무너지고 말 것이다. 그다음에 사라와 블랑스가 함께 나타나면 막을 수 있을까?

'젠장!'

전장이 시작되고 시간이 얼마 지나지도 않았는데 벌써 넥서스를 걱정해야 할 처지에 놓였다.

이렇게 되면 목숨을 도외시해서라도 적의 억제기를 무너뜨려야 했다.

"으아압!"

민재는 정예병을 쳐 버리며 전진했다.

하나 정예병들은 허수아비가 아니었다.

단숨에 수십 명이 달려들자 민재는 제대로 걷지도 못할 지경에 놓이고 말았다. 팔과 다리를 잡고 늘어지니 공격조차 원활하지 못했다.

게다가 블랑스마저 달려오고 있었다.

"죽여 버리겠다!"

쿵쾅쿵쾅!

지진이 일어났다.

어느새 블랑스는 로봇과 융합한 후였다.

이번에는 다른 모습을 한 로봇이었다. 손에 드릴이 달려 있다는 점만 다를 뿐 거대하고 강력한 전투력을 가졌다는 점은 동일했다.

크기가 큰 만큼 성큼성큼 뛰어오는 속도가 빨랐다.

저 녀석이 도착한다면 억제기를 파괴할 수 없게 된다.

그것마저 암담한데.

쉬이이익!

근처에 있는 정예병 하나의 몸이 경직되었다. 동시에 그의 몸에서 붉은 소용돌이가 쳤다.

사라마저 도착하고 있는 것이다.

'어쩔 수 없어!'

민재는 손을 앞으로 뻗었다.

될 수 있으면 아끼려 했던 비장의 기회.

더 아끼다간 전세를 역전시킬 수 없었다.

"풍룡 소환!"

화아악!

바람이 휘몰아치며 태풍이 발생했다.

터지듯 공간을 점령한 구체에서 시퍼런 무언가가 뻗어 나왔다.

그것은 금세 거대한 드래곤의 형상으로 변하더니, 곧 포효했다.
크아아아아!
벌어진 입에서 칼날 바람이 사방으로 뻗어 나갔다.
"아닛?"
공간 이동을 끝낸 사라가 놀라 소리쳤다.
그녀는 재빨리 지팡이를 휘저었다.
하나 바람 브레스가 더 빨랐다.
쿠과과과과!
고막이 찢어져 버릴 정도로 엄청난 소음이 발생하며 수천 가닥의 바람 칼날이 시야를 덮쳤다.
"으아악!"
미니맵에서 정예병 수백이 사라져 버렸다.
억제기마저 갈가리 찢어져 파괴되었다.
"드래곤이 둘이나 있다니……."
사라가 가슴을 부여잡고 인상을 썼다.
체력이 반 이하로 닳아 있었다. 블랑스도 체력이 상당히 소진되었다.
아껴온 기술이었던 만큼 압도적인 파괴력이었다.
그러나 풍룡이 뿜는 브레스는 일회용일 뿐.
으드득!
사라가 고개를 숙여 엉망이 된 옷을 보더니 이를 갈았다.

"죽여 버리겠어요."

블랑스도 물러서지 않았다. 거대한 강철 몸을 움직여 곧바로 돌격해 왔다.

'젠장!'

민재는 순간 고민했다.

목표했던 억제기는 파괴했다.

이대로 후퇴하고 싶지만 저들에게서 무사히 도망칠 수 있을까?

"팍살라!"

[아직이다!]

팍살라가 뒷걸음질을 쳤다.

브레스는 아직 사용할 수 없다.

그의 체력마저 고갈되었다. 동료들은 멀리 떨어져 있고 적은 너무 강하다.

민재 혼자서 저들을 막아 내기란 불가능에 가까웠다.

그렇다면 이제는 방법이 없다.

이 상황에서 믿을 수 있는 건 샤나의 정령 폭발뿐.

"샤나! 궁극기를!"

끄덕!

민재가 팔을 뻗자 샤나가 즉시 앞으로 달렸다.

그리곤 점프!

몸을 웅크렸다 펴 궁극기를 사용하려는 찰나.

"어딜!"
사라가 지팡이를 뻗었다.
번쩍!
미처 반응할 새도 없이, 누런 색깔의 빛기둥이 바닥에서 치솟았다.
화아악!
얼굴이 후끈거릴 정도로 엄청난 열기가 느껴졌다.
그와 동시에 시스템 음성이 귓가를 때렸다.
[적은 전설입니다!]
'뭐얏?'
샤나가 죽어 버린 것이다.
'제기랄!'
비장의 카드 3개 중 2개가 사라졌다. 풍룡은 사용했고 샤나는 죽었다. 팍살라의 브레스를 다시 사용하려면 시간이 더 필요했다.
그렇다면 이제.
'죽을 수밖에 없나?'
정령의 가호가 사라지자 민재의 전투력이 급감했다.
홀로 적군 셋을 감당할 수 있을 정도로 강했던 전투력이 범인의 경지로 내려선 것이다.
그런 민재와 상처 입은 팍살라 둘이서 사라와 블랑스를 막기란 불가능에 가깝다.

도망친다면?

전력을 보전해 다음을 기약할 수는 있겠지.

하나 이길 확률이 급격히 떨어진다.

벌써 2데스를 한 아군이 여럿이다. 양과 토끼가 2데스를 한 것이야 어떻게든 만회할 수 있다. 넥서스 근방에서 수비적으로 행동하면 죽을 확률이 적어지기 때문이다.

그러나 샤나가 2데스인 점이 타격이 컸다.

무사히 귀환한다고 한들 그녀의 버프가 없는 민재는 혼자서 사라를 견제할 수 없다.

그리 되면? 패배뿐이다.

"역시! 이상하게 세더니, 이유가 있었군요."

사라와 블랑스가 킬킬대며 다가왔다.

그들을 지켜 주던 정예병이 모조리 사라졌음에도 그들은 여유로웠다.

샤나의 사망으로 민재의 전투력이 급감했음을 그들도 알고 있기 때문이리라.

그러니 앞으로 사라가 할 일은 예측할 수 있다. 샤나가 보이는 즉시 암살행에 나설 것이다.

막으면 좋겠으나, 민재에게는 사라의 장거리 이동 스킬을 막을 방법이 없다.

약점이 허무하게 드러났다.

그러나 사라의 약점 역시 드러났다.

"골드를 소모하는군."

민재가 말했다.

시작부터 지금까지, 사라는 아이템을 사지 않았다. 정예병을 이용해 정글에서 사냥을 하고 연이은 킬로 상당히 많은 골드를 확보했을 터인데, 그녀의 아이템은 변함이 없다.

그 많은 골드는 시스템 교란이라는 기술을 사용하기 위해 쓰였으리라. 마테리아를 수급할 수 없는 전장에서는 골드를 대신 소모하는 것이다.

"꺄하하하! 이제 알아챘나요? 눈치가 빠른 줄 알았는데, 실망이군요."

사라가 배를 잡고 웃었다.

연속 킬을 달성했으니 그녀의 활동 시간도 많이 늘어났을 것이다. 약점을 알게 되었다고는 하나 암담한 기분은 사라지지 않았다.

그때였다.

돌연, 팍살라가 위를 보더니 소리쳤다.

[바람둥이?]

목소리에 황당함이 스며 있었다.

'음?'

민재는 반사적으로 위를 쳐다보았다. 그러자.

[이상한 일이군.]

푸른빛이 서린 은빛 드래곤.

날렵한 모습이었으나 섬뜩할 정도로 날카로운 비늘이 몸 곳곳을 덮고 있는 이계의 야수가 하늘 위에 둥둥 떠 있었다.

'풍룡이 사라지지 않았어?'

소환하면 브레스를 한 번 뿜은 뒤 사라진다.

지금까지 그래 왔고 앞으로도 그럴 수밖에 없다. 전장의 아이템이라는 법칙은 벗어날 수 없는 굴레였다.

그런데 브레스를 사용한 뒤에도 사라지지 않다니.

'설마…….'

지금까지와는 다른 법칙이 지배하는 전장이다.

풍룡의 소환 시간에도 변화가 생긴 것이 분명했다.

민재는 즉시 풍룡의 상태창을 살폈다.

체력 등 전투와 관련된 수치가 보였다. 어디에도 소환 시간이라는 숫자는 없었다.

'소환 시간이 무한?'

확실한지는 아직 알 수 없다. 시간이 더 지나면 사라져 버릴 수도 있고, 그렇지 않을 수도 있다.

다만 해야 할 일은 분명해졌다.

"공격해!"

그가 사라지기 전에 전세를 역전시켜야 했다.

[그래야겠군.]

풍룡은 한숨 비슷한 것을 내쉬더니, 곧바로 숨을 들이켰다.

후우욱.

"브레스?"

사라가 경악하며 지팡이를 뻗었다.

빛다발이 허공을 할퀴었다. 그러나 풍룡은 날갯짓 한 번으로 가볍게 마법을 피해 버렸다.

민재도 가만히 있지 않았다.

탓!

창을 거머쥐고 사라에게 돌격했다.

팍살라 역시 움직였다. 날아오르듯 쏘아진 그는 블랑스에게 몸통 박치기를 시도했다.

콰앙!

팍살라와 블랑스의 로봇이 한데 뒤엉키며 넘어졌다.

민재는 창격을 날리며 사라가 풍룡을 공격하는 것을 방해했다.

"가소롭군요!"

펑!

사라의 몸이 허깨비처럼 사라졌다.

'단거리 이동 스킬?'

민재는 즉시 반전하며 사방에 창 공격을 했다.

허공을 몇 회나 찌른 창끝은 곧 한 군데 박혀 들었다.

푸욱!

눈에 보이지는 않으나, 분명 공격이 성공했을 터.

"강탈!"

스킬을 사용하며 연이어 공격했다.

푹푹푹!

"으아악! 죽여 버리겠어!"

콰르릉!

갑자기 공기가 터지며 사방으로 둥근 번개가 뻗어 나갔다.

피할 수 없었던 민재는 고스란히 피해를 입고 뒤로 밀려났다.

은신했던 사라의 모습이 드러나고 말았다.

[받아랏!]

후아악!

풍룡이 브레스를 뿜어냈다.

칼날 다발로 이루어진 바람기둥이 사라를 집어삼켰다.

콰과곽!

바닥의 돌이 폭발하듯 으깨졌다. 사라의 옷이 순식간에 넝마로 변해 버리며 그녀의 체력 막대가 급감했다.

조금만 더 공격하면 사라를 무찌를 수 있는 절호의 기회였다.

탓!

민재가 다시 달려들었다.

창을 뻗어 나가자.

파앙, 팡!

사라의 몸에서 엄청난 빛이 연달아 뿜어지더니, 단번에 체력이 최고치로 회복되어 버렸다.

'힐?'

손상된 체력 모두를 회복시켜 버리는 기술이라니.

이런 스킬이 있다면 사라를 죽일 수 없다. 아무리 강력한 공격을 퍼부어도 힐을 연속으로 사용해 버리면 무용지물이 된다.

하지만 민재는 포기하지 않았다.

'죽일 수 없다면 골드라도 소모시켜야 해!'

그녀는 무한히 스킬을 난사할 수 없다.

연달아 스킬을 사용할 때마다 골드를 소모한다. 큰 기술을 사용하려면 더 많은 골드를 써야 할 것이다.

조금 전의 힐 스킬은 궁극기가 분명한 만큼 골드의 소모 역시 만만치 않았을 것이다.

짐작이 맞았는지.

"잠시 후에 죽여 드리죠!"

퍼엉!

사라는 인상을 쓰며 사라져 버렸다.

그 순간, 쿵 하는 소음이 땅이 울릴 정도로 크게 일었다.

동시에 가슴에 찌릿한 통증이 느껴졌다.

급히 앞을 보니 붉은 드래곤과 거대 로봇이 함께 쓰러지고 있었다.

"팍살라!"

달려갔다.

하나 팍살라는 이미 죽은 뒤였다.

"이 버러지 같은 놈들이!"

블랑스가 화를 내며 로봇에서 튀어나왔다.

그리곤 비틀거리는 걸음으로 팍살라가 쓰러진 곳으로 이동했다.

놈은 팍살라와 융합하려는 것이 분명했다.

"풍룡! 막아!"

파앙!

공기 찢어지는 소리와 함께 풍룡이 쏘아졌다.

날카로운 부리를 앞세워 돌격해 나가자, 블랑스가 치를 떨며 뒤로 물러섰다.

"익!"

덕분에 충돌 지점에서 멀어지긴 했으나, 풍룡은 팍살라처럼 무식한 박치기는 하지 않았다.

바닥을 코앞에 두고 급정지를 하더니, 단번에 회전하며 꼬리로 블랑스를 쳐 버렸다.

퍼억!

"으악!"

블랑스는 뒤로 날아가고 말았다.

"잘했어!"

팍살라와 융합할 수 없으니 블랑스는 한동안 힘을 발휘하지 못할 것이다.

때맞춰 아군 미니언까지 몰려들었다. 민재가 사라와 싸우는 시간 동안 기나긴 진격로를 지나온 것이다.

사라가 없는 지금, 민재는 최선의 선택을 해야 했다.

"쌍둥이 포탑을!"

[귀찮지만, 해 주마.]

민재와 풍룡이 움직였다.

로봇과 팍살라의 시체를 지나자 두 개의 넥서스가 보였다.

그 앞에 두 개의 강화 포탑이 보였다.

저것들을 부수기 전까지 넥서스는 무적 상태.

호기를 살려 두 개의 포탑을 부숴야 한다.

슈아악!

급하다는 것을 알았는지 풍룡이 몸통 돌격을 시도했다. 팍살라만큼 묵직하진 않았으나 날카로운 돌진이 포탑을 쳤다.

콰앙!

지축이 흔들릴 정도로 강력한 일격이었다.

그러나 포탑의 공격이 시작되었다.

지이잉!

레이저 같은 빛이 뿜어지며 풍룡을 공격했다.

민재와 미니언들도 공격을 시작했다.

최종 단계로 승격된 미니언의 검과 매서운 창 공격이 연달아 터지자 강화 포탑의 체력이 쭉쭉 빠졌다.

그때 시스템 음성이 들려왔다.

[아군이 적에게 당했습니다.]

[적 더블 킬.]

급히 미니맵을 보자 마수 하나와 여우가 쓰러지는 모습이 보였다.

사라는 광소를 터트리며 마법을 난사하고 있었고 동료들이 그를 막으려 애를 쓰고 있었다.

위치는 탑라인.

민재를 돕기 위해 진군해 오고 있었던 그들이었다.

조금만 더 왔다면 민재와 합류했을 테지만, 사라가 이를 막아선 것이다.

"젠장!"

이미 벌어진 일을 막을 힘은 민재에게 없다.

아군은 죽어 나갈 것이고, 그만큼 사라는 골드를 충전하게 된다.

1데스인 아군은 2데스가 될 것이고, 살아난 그들은 몸을 사릴 수밖에 없다.

하나 쉽지만은 않을 것이다.
이 모든 상황이 사라에게 유리하다고는 하나, 동료들이 가만히 죽지만은 않을 것이기 때문이다.
"하압!"
동료들이 즉시 반격에 나섰다.
"칫!"
사라는 벌어들인 골드를 또 사용할 수밖에 없었다.
마법을 연이어 사용하며 회피하고 다시 공격했다.
"최대한 시간을 끄세요!"
민재는 공성에 열을 올렸다.
사라가 묶인 지금이라면 쌍둥이 포탑만이 아니라 넥서스마저 깨 버릴 수 있을 것이다.
쾅쾅!
포탑은 공세를 버티지 못했다.
[포탑을 파괴하였습니다.]
[포탑을 파괴하였습니다.]
두 개의 포탑 모두가 무너졌다.
아군 미니언은 20기가량.
풍룡은 체력이 간당간당했다. 포탑의 공격을 홀로 맞았기 때문이다.
"바로 넥서스를!"
그때 적군 신전에서 함성이 들려왔다.

우아아아아!
죽었던 적 정예병이었다.
엄청난 수의 그들이 되살아나 파도처럼 밀려들었다.
그뿐만 아니라 힘을 회복한 블랑스마저 달려오고 있었다.
"빨리!"
민재는 사라의 탑으로 돌격했다.
쾅쾅!
연이은 공격!
하나 그 이상의 공격은 불가능했다.
정예병이 들이닥치며 민재의 몸을 잡고 늘어졌기 때문이었다.
그들은 풍룡과 아군 미니언까지 공격했다.
[뒤는 알아서 하게!]
풍룡이 소리쳤다.
칼에 찔려 피를 흘리며, 그는 마지막 공격을 감행했다.
쾅!
힘을 모아 뾰족한 부리로 넥서스를 치자.
[넥서스를 파괴하였습니다.]
시스템 음성이 들리며 가슴에 시큰한 통증이 느껴졌다.
풍룡마저 죽어 버리고 만 것이다.
이제 적진에 남은 자는 민재뿐.

반면 적은 엄청난 수의 정예병, 블랑스까지 있었다. 사라도 언제 공간을 이동해 올지 예상할 수 없었다.

전력으로는 상대도 되지 않지만.

'넥서스만!'

민재는 몸을 회전시켜 정예병들을 떨궈 냈다.

사방에서 정예병이 공격해 왔다.

민재는 그것을 모두 허용하며 넥서스에 달려들었다.

넥서스는 종이 체력이다.

거대한 크기에 비해 방어력은 볼품없을 정도인 것이다.

죽더라도 저것을 파괴하기만 하면 승리한다.

민재는 그 생각만으로 돌격했다.

창을 꽂아 넣는 순간.

기이잉!

넥서스가 기이한 소음을 내며 움직이기 시작했다.

'뭐야?'

넥서스가 움직이다니!

중추 건물인 넥서스가 움직이는 모습은 지금까지 단 한 번도 본 적이 없었다.

이런 일이 가능한 이유는 단 한 가지.

"죽어! 죽어! 이 벌레 같은 놈아!"

블랑스의 고함이 터지며 로봇처럼 변해 버린 넥서스가 한쪽 발을 들었다.

'융합!'

넥서스와 융합하다니!

다행히 넥서스의 체력은 변함없었다.

이대로 몇 번만 더 공격할 수 있으면 된다.

그 생각으로 달려들었으나.

쾅!

넥서스의 발이 바닥을 쳤다.

그러자 엄청난 크기의 충격파가 발생하여 사방으로 뻗어나갔다.

우르르!

정예병이 죽어 날아갔다.

민재 역시 뒤로 날아가며 피를 토했다.

벌써 체력이 절반 이하였다.

"큭!"

억지로 버티며 다시 달려들었다.

그러나 넥서스가 다시 움직였다.

이번에는 발을 더 높이 들고 내려찍었다.

쿠앙!

"으악!"

민재는 또다시 뒤로 날아갔다.

충격도 엄청났지만 뒤로 밀린 거리가 더 길었다. 쌍둥이 포탑을 지나 억제기까지 밀려나고 만 것이다.

"꼴좋군요!"

어느새 나타난 사라가 웃었다.

그녀는 넥서스 로봇의 어깨 위에 앉아선 여유롭게 이쪽을 바라보았다.

"이제 포기하는 게 어때요?"

"자살이라도 하라는 건가?"

민재는 몸을 일으켰다.

애써 일어나긴 했으나 체력이 간당간당할 정도로 떨어져 버렸다.

마법 한 방이라도 허용하면 죽고 말 터.

이대로는 사라를 결코 이길 수 없다.

넥서스는 접근을 허용하지 않았다.

"김철수는 내가 처리하죠. 그 뒤에도 당신의 힘은 내가 잘 사용해 줄 테니 걱정은 하지 말아요. 아! 물론 당신 친구의 힘까지."

"그럴 순 없지."

민재는 천천히 앞으로 걸었다.

사라가 호기심 어린 눈으로 이쪽을 바라보았다.

"이길 수 없음을 잘 알 텐데, 곧 죽어도 돌격이군요. 하하하! 벌레만도 못하군요. 바퀴벌레도 목숨 귀한 줄은 잘 아는데 말이죠."

"사라, 네가 강하다는 건 인정하지. 하지만 아직 궁극기를 보여 주지 않았군."

"궁극기요? 이런 상황에서 그깟 궁극기를 써 봐야 상대가 되겠어요? 깔깔깔!"

사라가 미친 듯이 웃어 댔다.

민재는 쓰게 웃었다.

"탈혼!"

슈파팟!

민재의 뒤에서 빛이 터졌다.

억제기 옆에 쓰러진 샤나의 시체.

되살아나기까지 4초밖에 남지 않았으나, 궁극기 사용의 조건으론 충분하고도 남았다.

탓!

민재가 땅을 박차고 달렸다.

그 뒤에서 뻗어 온 빛은 곧 민재의 몸을 감쌌다.

"호오?"

그때 사라가 지팡이를 뻗었다.

"잘 가세요!"

콰앙!

땅이 폭발했다.

아군 여럿의 목숨으로 사라가 확보한 골드.

그것을 기반으로 터진 연속 마법은 어마어마할 정도로 강력한 공격력을 가졌으리라.

체력이 충분한 상태에서도 버텨 내지 못할 맹공!
하나 민재의 궁극기는 모든 적대적 스킬을 무마시켰다.
"아닛?"
사라가 깜짝 놀라 소리쳤다.
골드를 퍼부어 가며 가한 공격이었는데, 민재의 체력이 닳지 않으니 경악할 수밖에.
"브, 블랑스!"
"죽어!"
넥서스가 급히 발을 내려쳤다.
쿠아앙!
다시 한 번 지진을 동반한 충격파가 사방으로 뻗어 나갔다.
하나 이번은 소용없었다.
민재의 몸은 조금도 뒤로 튕기지 않았다.
도리어 돌격이 더 빨라졌다.
"이 미친!"
사라가 기겁하며 마법을 퍼부었다.
콰과과과광!
지금껏 가해진 적 없는 엄청난 폭발!
땅거죽이 갈라지고 뒤엎어지며 적진은 폐허가 되어 갔다.
하나 민재는 그런 것 따윈 상관하지 않은 채 달려갔다.

동시에 창을 뻗었다.

쿵! 쾅!

"미친놈!"

블랑스가 소리치며 넥서스를 뒤로 물렸다.

하나 거대한 체구는 너무나도 느리기만 했다. 창 공격 연타를 막을 수는 없었다.

결국.

콰르릉!

넥서스는 붕괴했다.

"안 돼!"

"으악!"

사라와 블랑스가 소리쳤지만, 이어진 시스템 음성에 묻히고 말았다.

[승리!]

고막을 울리는 음성을 느끼며, 민재는 눈을 감았다.

〈『신의 게임』 제9권에서 계속〉

신의 게임

1판 1쇄 찍음 2015년 2월 13일
1판 1쇄 펴냄 2015년 2월 23일

지은이 | 월 탑
펴낸이 | 정 필
펴낸곳 | 도서출판 **뿔미디어**

편집장 | 이재권
기획 · 편집 | 윤영상

출판등록 | 2002년 9월 11일 (제1081-1-132호)
주소 | 경기도 부천시 원미구 소향로 17번길(두성프라자) 303호 (우)420-864
전화 | 032)651-6513 / 팩스 032)651-6094
E-mail | bbulmedia@hanmail.net
홈페이지 | http:/bbulmedia.com

값 8,000원

ISBN 979-11-315-6269-7 04810
ISBN 979-11-315-1985-1 04810 (세트)

※파본은 구입하신 서점에서 교환하여 드립니다.

http://www.bbulmedia.com

http://www.bbulmedia.com